ro
ro
ro

ro
ro
ro

Noëlla Elpers

Dolores

Närrin von Kastilien

Historischer Jugendroman

Deutsch von
Mirjam Pressler

Rowohlt Taschenbuch Verlag

Zur Erinnerung
an Anna Ceunen

Die Übersetzung dieses Buches wurde gefördert
vom Flämischen Literaturfonds
(Vlaams Fonds voor de Letteren – www.vfl.be)

Deutsche Erstausgabe
Veröffentlicht im Rowohlt Taschenbuch Verlag,
Reinbek bei Hamburg, Oktober 2009

Lektorat Christiane Steen
Die Originalausgabe erschien unter dem Titel «Dolores»
bei Uitgeverij Van Goor Unieboek, Houten

Umschlaggestaltung any.way, Barbara Hanke/Cordula Schmidt
(Illustration: akg-images; Bridgeman Berlin; plainpicture/Millennium)
Satz Trinité PostScript (InDesign)
bei Pinkuin Satz und Datentechnik, Berlin
Druck und Bindung CPI – Clausen & Bosse, Leck
Printed in Germany
ISBN 978 3 499 21515 5

Inhalt

Der Zwerg sieht weiter als der Riese,
wenn er die Schulter des Riesen erklommen hat.
Samuel Taylor Coleridge

Heute bin ich sechzehn Jahre, zehn Monate und dreiundzwanzig Tage alt. Ich sehe mein Leben in klaren Bildern vor mir. Ungeschminkt. Ohne zu übertreiben. Das Leben und die Gesten einer Zwergin sind nun mal zuweilen zu groß für ihren Körper.

Ich bin geboren in Biar, 1479 …

Das Schiff neigt sich und hängt schräg über dem Wasser. Wie eine vorrückende Armee schieben sich die Kisten und Gepäckstücke in meine Richtung. Ich habe den ganzen Schiffsraum durchsucht. Meryem ist nirgendwo zu finden. Ich höre auf zu rufen. Mein Hals ist rau vom Schreien. Ich muss wieder nach oben. Es wird hier zu gefährlich. Mit Mühe klettere ich die schiefe Treppe hinauf. Am Unterdeck entlang und weiter nach oben, zum Oberdeck.

Dort ist der Lärm überwältigend: Alles schrammt, strudelt, schlürft, bricht und saugt. Ich sehe, wie der Mast zur Seite kippt und zersplittert, als wäre er ein Zweig. Das große Segel bläht sich noch ein letztes Mal auf und sinkt wie eine Schneeflocke auf das Wasser. Ich klammere mich am Treppengeländer fest. Die Welt kippt. Die weißen Klippen von England stürzen um. Das Meer liegt in einem seltsamen Winkel vor mir, und auf der schrägen Wasseroberfläche treibt ein Schiff. Auf dem Deck eines anderen Schiffes sehe ich Meryem neben Doña Johanna stehen. Don Enrico steht hinter ihnen. Ich schnappe nach Luft. Meine Lungen öffnen sich in einem erlösenden Schrei. «Meryem!»

Sie lebt noch.

Meryem hat mich gesehen. Sie beugt sich gefährlich weit über die Reling und winkt mir zu. Sie versucht, den Lärm zu überschreien. Ich sehe, dass sie weint, aber ich kann sie nicht verstehen.

Trotzdem weiß ich, was sie schreit: «Dolores! Spring!»

Warum sollte ich springen? Ich kann nicht schwimmen.

Ich stehe auf dem schrägen Deck und halte mich noch einen Moment lang fest.

Heute ist der 2. September des Jahres 1496. Es muss um die Mittagszeit sein, denn die wässrige englische Sonne steht an ihrem höchsten Punkt. Diese Sonne erwärmt mich nicht.

In Biar glüht die Sonne noch bis in den September hinein ...

Die Zeit steht still. Ich denke zurück an zu Hause. Das habe ich vor dem Einschlafen immer getan. Wo ich auch war.

Was ich noch sehe

In Biar

Die Sonne stand hoch am Himmel, aber im Haus war es dämmerig und kühl. Ich stand in der Mitte des kleinen Wohnzimmers und hatte Lust auf Süßigkeiten. Der Brei, den wir am Morgen gegessen hatten, war schon längst verdaut. Ich schob ein Holzbänkchen an die Wand und griff hinauf zu dem Brett, auf dem der tönerne Honigtopf stand. Ich erreichte ihn nicht.

Mein zwei Jahre jüngerer Bruder Sancho, mit dem ich immer Streiche ausheckte, kam bereitwillig herbeigelaufen.

«Ich mach's», sagte er entschieden.

«Das kannst du nicht, du bist noch zu klein», sagte ich.

«Nein», sagte Sancho.

Er stieß gegen meine Beine. Ich kletterte mühsam hinunter. Sancho stieg auf das Bänkchen und packte den Topf mit zwei Händen. Der Topf kippte um, und der klebrige Honig breitete sich langsam auf dem Lehmboden aus. Drei glänzende Schmeißfliegen umschwirrten ihn sofort. Mutter schaukelte mit ihrem dicken Bauch auf uns zu. Sie schüttelte den Kopf. Sie trug die kleine Julia auf dem Arm. Das Kind hatte große Augen in einem mageren Gesichtchen. Sie lutschte am Daumen, und über ihr Kinn rann Spucke.

Ich konnte es nicht lassen: Ich musste Julia nachäffen. Ich steckte den Daumen in den Mund, hielt den Kopf schräg und schaute meine Mutter mit weit geöffneten Augen und hochgezogenen Augenbrauen an.

«Dolores», sagte meine Mutter müde.

Mein Vater schob sie zur Seite. Julia begann zu weinen. Sancho konnte an den Beinen meiner Mutter vorbei entkommen, aber mich erwischte es wieder einmal. Ich bekam eine Backpfeife, dass mir die Ohren sausten.

«Lass das Mädchen in Ruhe!», schrie meine Mutter. «Sie bekommt immer die Prügel, weil sie nicht schnell genug ist, um wegzulaufen.»

«Aber um sich die Streiche auszudenken, ist sie schnell genug», rief mein Vater. «Diesem kleinen Luder fällt doch immer etwas ein. Und dann hetzt sie die anderen auf. Ich habe die Nase voll von ihr.»

«Auch Dolores ist ein Geschöpf Gottes», sagte meine Mutter.

«Dolores ist ein Irrtum», sagte mein Vater, «und Gott kann mir gestohlen bleiben. Ich hoffe, das nächste Kind wird nicht so eine Missgeburt.»

Wir wurden bestraft. Ich kniete neben Sancho und wusste, dass es stimmte: Ich bekam die meisten Prügel, weil ich nicht schnell genug war. Meine Knie und meine Ohren taten weh, aber was machte das schon? Der Schmerz einer Ohrfeige geht vorbei. Schmerzen in den Knien hatte ich immer, auch ohne Strafe. Mit diesen Schmerzen war ich geboren worden, nur wenn ich schlief, spürte ich sie nicht. Was mir aber in diesem Moment klar wurde, verfolgte mich bis in meine Träume: Ich war anders als die anderen. Ich konnte den Honigtopf nicht erreichen, weil ich kleiner war als Sancho. Ich konnte mir besser als meine beiden Brüder und meine drei Schwestern Streiche ausdenken. In meinem Kopf entstanden die Ideen schneller, als ich sie ausführen konnte. Deshalb benutzte ich Sancho oder Juanito als Arme und Beine. Ich musste immer etwas sagen, auch wenn ich es hinterher bereute. Ich konnte mich nicht beherrschen.

Mein Vater hatte recht: Ich war eine Missgeburt. Gott hatte mich aus einem Rest Lehm geknetet, zu wenig, um einen normalen Menschen daraus zu machen. Der Lehm war von schlechter Qualität. Er enthielt Sand. Ich wurde in Gottes Ofen gebacken und kam als missratenes Stück heraus.

Mein Vater war Pächter beim Großgrundbesitzer Don Pedro. Der Herr wohnte mit seiner Frau und seiner einzigen Tochter im Schloss von Biar. Das Schloss stand auf einem Berg. Mit seinem viereckigen Turm, den fensterlosen Mauern und den eckigen Zinnen sah es eher aus wie eine Burg. In den Berghängen gähnten Höhlen, die als Lagerräume für das Getreide oder als Ställe für Schafe und Schweine benutzt wurden. Manchmal dienten sie auch Wanderern oder reisenden Spielleuten als Unterkunft. Am Fuß des Berges lag die kleine Stadt und um sie herum die Häuser der Pächter auf kleinen sandigen Grundstücken.

Unser Leben war nicht anders als das der anderen Pächterkinder. Jeder Pächter musste einen Teil der Ernte an Don Pedro abgeben. Was übrigblieb, war gerade genug zum Überleben. Wir waren alle arm und knochendürr.

In Biar ging jeder in die Kirche. Beten war gut, um die Angst zu zügeln. Wir hatten Angst vor Hexen, Geistern und Zauberern, vor Unwettern, vor dem Teufel, vor Hunger, vor Krieg und vor dem Schwarzen Tod. Ich hatte die Pest noch nicht erlebt, aber ich kannte die Geschichten über Freund Hein, der mit seiner Sichel über das Land ging und die Hälfte der Menschen niedermähte. In Pestzeiten unterschied der Tod nicht zwischen Herren und Pächtern.

Wir gingen in die Kirche, sobald die Glocken anfingen zu läuten. Wenn der Wind aus der richtigen Richtung kam, konnte man in der Ferne auch das Gebimmel der Glocken in den nahe gelegenen Dörfern hören. Ganz Aragón ging zur Messe.

Don Pedro saß vorn in der Kirche, auf einer mit Schnitzereien verzierten Bank rechts vom Gang. Links saßen seine Frau Doña Rosita und ihre Tochter Lucinda. Hinter dem Herrn und seiner Frau fanden der Verwalter, der Stadtrat und andere wichtige Leute aus Biar mit ihren Frauen und Kindern Platz. Die Pächter und ihre Familien blieben hinter ihnen stehen.

Ich konnte während der Messe einfach nicht stillstehen. Meine Füße trappelten auf der Stelle. Meine Hände fummelten an meinen Kleidern und an den Kleidern von Pilar, die neben mir stand. Auf der anderen Seite stand Mutter, mit Julia auf dem Arm. Meine Mutter versuchte Julias Gesicht von mir wegzudrehen, aber die Kleine wandte sich immer wieder zu mir. Sie mochte meine Possen. Wenn ich meine Augenbrauen hochzog, meine Zunge rausstreckte und schielte, kniff sie vor Erstaunen die Augen zu. Wenn sie sie dann wieder öffnete, krähte sie vor Vergnügen.

Aber es reichte mir nicht, nur Julia zum Lachen zu bringen. Mein Publikum waren die Kirchenbesucher. Manchmal drehte ich mich um, um die Menschen hinter mir anzuschauen, und winkte. Die Mädchen kicherten, aber ihre Mütter stießen sie mit dem Ellbogen. Keine wagte es, mir zuzuwinken. Ich schnitt ein paar Fratzen. Die Mädchen starrten mit zusammengepressten Lippen zu Boden. Ihre Mütter taten, als gäbe es mich nicht, und schauten geradeaus.

Ich musste mich ständig bewegen. Wenn ich mich nicht bewegte, konnte ich den Mund nicht halten und kommentierte laut die Kirchenbesucher. Meine Mutter wusste das und ließ mich gewähren. Wenn ich laut Kommentare abgab, schämte sie sich noch mehr. Ich sagte, was jeder dachte, was aber niemand hören wollte.

«Saure Mopsnase mit Flügeln», sagte ich, wenn Schwester Immaculata in ihrem schwarzen Habit und mit der geflügelten Haube vorbeikam.

«Krummbein», sagte ich, wenn der Müller mit seinen O-Beinen die Kirche betrat.

«Oh, was für dicke Brüste», sagte ich, wenn ich seine Frau sah.

«Bäh», würgte ich, wenn der Schweinehirte mit einem Schwall von Mistgestank hereinkam.

Wenn ich still stand, musste ich meinen Mund bewegen.

Juanita und Sancho standen neben meinem Vater auf der anderen Seite des Gangs. Sie fanden meine Kommentare großartig und konnten sich nicht halten vor Lachen. Meine älteren Schwestern Pilar und Maria schämten sich, aber sie schwiegen. Sie wussten, dass sie mich nur noch mehr anspornten, wenn sie «psst» machten. Das Gesicht meines Vaters rötete sich. Zum Glück stand ich weit genug von ihm entfernt. Ich schaute zu ihm hinüber und sah, dass die Ader an seiner Schläfe anfing zu klopfen. Ich hörte erst auf zu sprechen, wenn ich Angst bekam, dass die Ader platzen könnte. Auf der Frauenseite des Gangs war ich vorläufig sicher. Mein Vater wagte es nicht, mich in der Kirche zu schlagen. Auch wenn ich hinausging, war ich geschützt durch die anderen Kirchenbesucher um uns herum.

Auf dem Nachhauseweg schnaubte mein Vater: «Das nächste Mal schließen wir das Geschöpf im Haus ein.»

Mit leisen Worten versuchte meine Mutter, ihn zu besänftigen. Und meist durfte ich am folgenden Sonntag doch wieder mit in die Kirche.

Ich konnte nichts dafür. Ich wurde als Wirbelwind geboren. Nur meine Mutter konnte den Sturm in meinen Kopf dämpfen. Wenn sie mir über die Haare strich, die unter meiner Kappe hervorlugten, wurde ich ruhig. Sie zog sanft an meinen flachsblonden Locken, und der Sturm in meinem Kopf legte sich. Andächtig folgte ich den Bewegungen ihrer Finger und spürte, dass meine Haare weich waren und sich angenehm anfühlten. Ich war nicht vollkommen wertlos.

Ich ging gern in die Kirche, und manchmal war ich ja auch ruhig. Ich war still, wenn die Leute vor mir so standen, dass ich bis zur vordersten Reihe schauen konnte. Ich stellte mich auf die Zehenspitzen und reckte meinen kurzen Hals so hoch wie möglich. Ich sah ein Stückchen von Lucindas Rücken und ihre Locken wie ein Wasserfall in Wellen über ihre Schultern fallen. Lucinda war schön wie der Sternenhimmel, so schön, dass einem der Mund von allein aufging. Solange ich mich an ihr berauschen konnte, war ich sprachlos und bewegte mich nicht. Ich fragte mich, wie es sich wohl anfühlte, so schön zu sein.

Don Pedro, Doña Rosita und Lucinda verließen immer als Erste die Kirche. Ich starrte Lucinda mit offenem Mund an. Manchmal schaute sie zurück. Dann drehte sie mir das Gesicht zu und lachte. Ihre dunklen Augen glitzerten vor Vergnügen. Ich fühlte, wie mein Gesicht zu strahlen begann. Ich winkte Lucinda zu, und sie war die Einzige in der Kirche, die manchmal zurückwinkte.

Mutter wurde dicker. Ihr Bauch schwoll an, aber ihr Gesicht blieb mager. Ein neues Kind kündigte sich an. Sie stand am Herd und rührte im Kessel herum, als es losging. Sie griff nach ihrem Bauch. Ich stand neben ihr und sah, wie sich ihr Gesicht vor Schmerzen verzerrte.

Ich wusste schon, wo die Kinder herkamen. Ich hatte

es bei unserer Ziege Dulcina gesehen: Es fiel ihr nicht leicht, ein Zicklein aus dem Leib zu pressen. Bei Menschen war es bestimmt nicht anders. Bestimmt würde es ihnen auch weh tun, Kinder zu bekommen.

«Es ist so weit», sagte Mutter zu meiner ältesten Schwester Maria. «Geh und hole Crispina.»

Ich geriet in Panik.

Hilfe, dachte ich, nicht Crispina. Nicht diese hässliche Hexe!

Ich verkroch mich in eine Zimmerecke und schloss die Augen.

Crispina war die Hebamme von Biar. Ich hatte Angst vor dieser Frau. Ganz bestimmt war es ihre Schuld, dass ich eine Missgeburt war. Hebammen haben Macht über die Kinder, die mit ihrer Hilfe auf die Welt kommen. Crispina hatte eine Warze auf der Nase. Sie war klein und krumm wie ein verwachsener Baum und hatte selbst keine Kinder. Vermutlich hatte sie mich deshalb mit ihren Kräutern verhext. Bestimmt hatte sie gewollt, dass jemand in Biar ihr ähnlich sah. Bei mir war ihr das gelungen: Ich war das einzige Kind in Biar mit blonden Haaren und blauen Augen. Crispina war die einzige Frau, die ebenso blasse Augen und Haare hatte. Ich war ein Zwergbaum, aber ich würde keine Hexe werden wie Crispina! Ich hielt meine Augen fest geschlossen, sodass sie mich nicht mit ihrem bösen Blick verhexen konnte.

Crispina kam. Sie bat Maria, Wasser aufzusetzen, und schickte die anderen Kinder hinaus. Mich schien sie zu übersehen. Ich blieb in der Wohnzimmerecke sitzen, neben dem Vorratsschrank, und lauschte ängstlich den Schreien meiner Mutter in der anderen Kammer. Ich machte meine Augen nicht auf. Nicht, als Sancho hereinkam und an meinen Kleidern zog. Nicht, als Crispina endlich mit einem kleinen Bündel aus der Schlafkammer kam.

«Wo ist dein Vater?», fragte sie Maria.

«Auf dem Feld», sagte Maria.

«Männer!», sagte Crispina. «Sie schwängern ihre Frau, und mit dem Elend wollen sie so wenig wie möglich zu tun haben. Du kannst die Kinder hereinrufen.»

Meine Brüder und Schwestern drängten sich um Crispina, um das Baby zu sehen.

«Hässlich», sagte Sancho.

«Aber er wird schön», sagte Crispina.

«Wie kannst du das sehen?», fragte Pilar.

Crispina nahm Pilars kleines, spitzes Kinn zwischen zwei Finger.

«Das weiß ich einfach», sagte sie. «Ich wusste, dass du eine Schönheit werden würdest. Aber pass auf, Schönheit ist oft ein vergiftetes Geschenk. Manchmal ist es besser, so hässlich zu sein wie ich.»

Crispinas Augen waren jetzt auf mich gerichtet, das spürte ich.

«He, du Kleine hinter dem Vorratsschrank, möchtest du dein neues Brüderchen nicht sehen?» Sie wandte sich an Maria. «Ist das nicht die kleine Dolores?»

«Lass sie nur», sagte Maria. «Dolores fürchtet sich immer, wenn ein anderer Schmerzen hat.»

Das war lieb von Maria. Sie wusste, dass ich mich vor Crispina fürchtete. Aber die alte Hexe ließ sich nicht aufhalten.

«Komm ruhig zum Vorschein», sagte sie. «Deine Mutter hat den Schmerz schon wieder vergessen. So geht das, wenn man Kinder bekommt.»

Ich blieb in meiner Ecke.

Crispina lachte keckernd. «Das Mädchen hat Angst vor mir», sagte sie mit einem Anflug von Zufriedenheit in der Stimme. «Woran das wohl liegt?»

Wo sollte der kleine Paco in Gottes Namen schlafen? Wir schliefen schon zu acht in einem Zimmer, dicht nebeneinander, wie Würstchen in der Pfanne.

Mein Vater hängte einen Weidenkorb an den Dachbalken. Der Korb schaukelte, wenn mein Brüderchen mit den Beinen strampelte, und wurde geschüttelt, wenn er schrie. Julia musste neben Mutter schlafen. Nach Paco war sie das kleinste Würstchen.

⁂

Die Sonne war nicht mehr so glühend heiß, aber die Erde atmete Wärme aus. Die Mauern des Schlosses auf dem Berg leuchteten orangefarben in der Abendsonne. Maria, Juanito, Pilar, Sancho und auch die kleine Julia, die von Maria getragen wurde – alle spielten mit. Nur Paco lag wie immer in seinem Körbchen.

Wir spielten, ich wäre die Mutter und sie meine Kinder. Ich rief sie in herrischem Ton. Einer musste den anderen an die Hand nehmen, und dann liefen wir los. Zunächst taten sie ganz brav, was ich verlangte. Ich stand in der Mitte der Kette, nicht die Jüngste, aber die Kleinste, abgesehen von Julia. Eine Mutter mit fünf Kindern. Aber meine Kinder machten ein Spiel daraus. Sancho, der sich zuerst so brav an der Hand halten ließ, riss sich los und lief weg. Ich stampfte wütend auf den Boden.

«Pass auf, der schwarze Mohr fängt dich, wenn du nicht gleich zurückkommst!», rief ich.

Aber die Kette war zerrissen, und sie hörten nicht mehr auf mich. Sancho und Juanito stoben Hand in Hand davon und blieben gerade außerhalb meiner Reichweite stehen, um mich herauszufordern. Sancho streckte die Zunge raus. Juanito stützte die Hände in die Hüften und wackelte herausfordernd mit dem Hinterteil. «Du kriegst mich sowieso nicht! Du kriegst mich sowieso nicht!»

Jetzt ließ Pilar meine andere Hand los. Sie rannte mit

Maria davon, die Julia an sich drückte. Ich hörte Julia laut lachen. Sogar der Kleinsten machte es Spaß. Meine Brüder und Schwestern stoben nach allen Seiten davon, und ich blieb allein zurück. Ich wusste, dass ich sie nicht erwischen würde. Auch Sancho mit seinen flinken Beinchen nicht. Juanito war auf einen Baum geklettert.

Ich tat das Einzige, was mir helfen konnte: Ich fing an zu weinen. Tränen sprangen aus meinen Augen, und ich rieb sie mit den Fäusten weg. Das half immer. Sogar mein Vater war meinen Tränen nicht gewachsen. Sancho war der Erste, der zurückkam. Er zog an meinem Rock.

«Dololes!», sagte er, denn er konnte das R noch nicht aussprechen.

Die Nächste war Maria, mit Julia auf dem Arm.

«Nicht weinen, Dolores», sagte sie, «das ertrage ich nicht.»

Julia streckte mir die Hände entgegen, packte meine Haare und zog daran. Ich weinte noch lauter.

«Nicht, Julia», sagte Maria und gab ihr einen Klaps auf die Hand.

Ich wusste, dass Julia jetzt einen anbetungswürdigen Schmollmund zog, aber ich schaute nicht hin. Ich weinte weiter, bis alle wieder um mich herumstanden, bis Juanito vom Baum geklettert war, bis Pilar die Arme um mich legte und versuchte, meine Tränen mit ihrem Ärmel zu trocknen.

Ich ließ mich wiegen und beruhigen. Ich weinte, aber ich fand es wunderbar.

⁂

Ich war sechs, und Pilar war sieben. Sie half meiner Mutter immer im Haushalt. Sie fegte den Boden, rührte den Brei, und manchmal half sie auf dem Feld. Sie sammelte die Steine auf, wenn mein Vater gerade gepflügt hatte.

Ich konnte das alles nicht. Ich war zu klein.

«Das Mädchen ist ein nutzloser Esser», sagte mein Vater.

«Sprich nicht so über dein eigen Fleisch und Blut», sagte meine Mutter.

Mein Vater war kein Lamm. Er war sehr hart zu mir. Dennoch glaube ich nicht, dass ich damals unglücklich war.

Ich ging mit Pilar über den Sandpfad, der sich zwischen den Häusern hindurchschlängelte. Wir waren auf dem Weg zu Pablo, dem einzigen Pächter in Biar, der eine Kuh besaß.

Ich hatte immer ein bisschen Angst, wenn ich diese Kuh sah. Sie war ein grobknochiges Tier und hatte große, scharfe Hörner. Sie sah mich mit schimmernden Augen an und schlug mit dem Schwanz nach den Fliegen. Die Haut der Kuh war so schwarz wie eine sternenlose

Nacht. Die Milch, die aus ihrem Euter floss, war kostbar. Pilar trug einen Sack Mehl, den wir gegen eine Kanne Milch eintauschen sollten.

«Sind Kühe lieb?», fragte ich Pablo.

«Das weiß ich nicht», antwortete Pablo. «Das musst du Conchita fragen. Sie melkt die Kuh.»

«Sind Kühe lieb?», fragte ich Conchita, Pablos Frau.

Conchita lachte, dass man ihre Grübchen sah. Sie war die einzige mollige Pächtersfrau. Vermutlich lag das am Rahm der Milch. Conchita hob mich hoch und stellte mich gleich wieder auf die Erde. Das taten die Leute häufig. Es gab immer welche, die mich hochhoben. Als wollten sie mich wiegen und prüfen, ob ich wirklich so klein und leicht war, wie ich aussah.

«Du stellst wirklich die sonderbarsten Fragen», sagte Conchita.

«Sind Kühe denn nicht lieb?»

«Unsere Kuh sieht aus wie ein schwarzer Teufel, ist aber ein braves Tier», sagte Conchita. «Nicht alle Kühe sind so. Kühe sind wie Menschen. Manche sind lieb, andere wieder halsstarrig oder launisch. Wir hatten früher eine sehr eigensinnige Kuh. Wenn wir sie auf der Weide hüteten, lief sie von allein wieder nach Hause, sobald sie den Bauch voll hatte, ohne dass wir es merkten. Dann hüteten wir eine Kuh, die gar nicht mehr da war.»

«Ich verstehe diese Kuh», sagte ich. «Ich bin auch am liebsten zu Hause. Gibt es auch schlechte Kühe?»

«Ich bin noch keiner begegnet», sagte Conchita.

«Aber schlechte Menschen gibt es», sagte ich

«Was geht dir nur alles durch den Kopf?», sagte Conchita. «Kein Wunder, dass er zu groß ist für deinen kleinen Körper.»

Auf dem Rückweg trugen Pilar und ich abwechselnd den Krug. Sie länger als ich, denn sie war größer und stärker. Plötzlich tauchten aus dem Gebüsch zwei Jungen auf. Es waren Diego und der schielende Carlos, zwei Brüder und die größten Taugenichtse von Biar. Pilar hatte Angst. Sie presste den Krug fest an sich.

«He, Diego», sagte Carlos, «schau mal, wen wir da haben. Butterpralinchen und das Ungeheuer. Wusstest du, dass Zwerge Unglück bringen?»

«Wirklich?», sagte Diego. «Und wir haben dieses Scheusal schon so oft gesehen. Kein Wunder, dass wir das ganze Pech der Welt abkriegen.»

«Das stimmt», sagte Carlos. «Wollen wir ein Spiel spielen?»

«Welches Spiel?»

«Zwerglein werfen. Das geht so ...»

Ich versuchte wegzulaufen, aber Carlos packte mich am Kragen und hielt mich zurück.

«Schau mal, wie schnell ihre Beinchen sich bewegen», sagte Carlos. «Schau doch, und trotzdem kommt sie nicht voran.»

Ich zappelte, aber es half nichts. Carlos packte mich grob und warf mich zu Diego. Der fing mich auf. Ich schrie vor Angst und versuchte, mit den Fingern in Diegos Augen und Nasenlöcher zu stechen.

«Du lieber Himmel, sie ist so klein wie ein Ferkel, aber sie kreischt wie eine Muttersau», sagte Diego.

Er warf mich zurück zu Carlos. Ich versuchte, den Schielenden in die Schulter zu beißen.

«Verdammt, das Luder beißt», sagte Carlos. Er ließ mich wie einen Stein auf die Erde fallen.

Das tat weh, aber zumindest war ich frei. Jetzt konnte ich sehen, was Pilar tat. Sie hatte den Milchkrug auf die Seite gestellt und stürzte sich auf Carlos.

«Meine Schwester bringt kein Unglück, du Grobian!», schrie sie.

Pilar kratzte Carlos über das Gesicht.

«Au, die sind ja wie zwei Katzen», rief Carlos.

Carlos war einen Kopf größer als Pilar, sie konnte nicht gegen ihn gewinnen. Er hielt ihr mit einer Hand die Arme auf dem Rücken fest, mit der anderen hob er ihren Rock hoch. Diego stand neben dem Milchkrug. Er nahm ihn und begann zu trinken. Die Milch tropfte über sein Kinn. Ich rappelte mich hoch und sah, wie Juanito, mein großer Bruder, über den Sandweg gestürmt kam. Er war kleiner als Diego und Carlos, aber er war wütend. Er warf Carlos einen Stein an den Kopf und stürzte sich von hinten auf Diego. Der Krug fiel zu Boden, gegen einen Stein, und zerbrach mit einem dumpfen Schlag. Die Milch lief heraus und wurde gierig von der roten Erde verschlungen.

Was für ein Unglück! Ich dachte an die Prügel, die unser Vater uns verpassen würde.

Carlos ließ Pilar los und stürzte sich jetzt auf Juanito.

Aber wir hatten Glück. Der Priester näherte sich. Er saß auf seinem Maulesel und hielt einen Sonnenschirm in der Hand. Als er sah, was vor sich ging, spornte er seinen Maulesel an. Das träge Geschaukel des Tieres wurde zu einem plumpen Trab.

«Was treibt ihr da, ihr Flegel!», rief der Priester laut.

Er stieg von seinem Maulesel und legte den Sonnenschirm auf den Boden. Drohend stürmte er auf die drei Jungen zu. Mit Händen so groß wie Schinken schlug er wild um sich. Die drei Jungen liefen auseinander. Diego und Carlos rannten wie Hasen davon, Juanito blieb stehen. Sein Hemd war zerrissen und sein Auge zugeschwollen. Blut lief über sein schmutziges Gesicht.

Der Priester stützte die Hände in die Hüften und streckte den Bauch vor. «Kann ich davon ausgehen, dass die Sünder geflüchtet sind?», fragte er Juanito.

«Ja, Hochwürden», sagte Juanito mit niedergeschlagenen Augen.

Ich saß noch am Boden und schaute zum Priester hinauf. Ich spürte, dass mir die Tränen über das Gesicht liefen.

«Ho-ho-hochwürden, Di-Diego und Carlos sind schschuld», stotterte ich weinend. «Sie haben mich und Pilar angegriffen, und jetzt ist der Krug mit Mi-milch umgefallen, und wir bekommen bestimmt Prü-prügel von unserem Vater.»

«Bist du nicht die Kleine des Pächters Jacobo?»

«Ja.»

«Diese kleine Krachmacherin in der Kirche?»

Ich lugte durch meine Finger zum Gesicht des hochwürdigen Herrn hinauf. Er lachte. Seine pausbackigen Wangen glänzten wie Äpfel.

«Kommt mal mit», sagte er.

Er hob mich mit hoch. Er trug mich auf dem Arm und setzte mich auf seinen Maulesel. Dann stieg er selbst in den Sattel.

«Ihr beiden geht hinter uns her», sagte er zu Pilar und Juanito.

Ich ritt auf einem Maulesel! Das Tier schaukelte hin und her, und ich lehnte mich an den dicken Bauch des Priesters. Wir ritten zurück zum Haus von Pablo und Conchita.

Der hochwürdige Herr kaufte einen neuen Krug für uns, randvoll mit Milch, und bezahlte ihn mit klingender Münze. Danach ritt er den ganzen Weg zurück zu unserem Haus. Pilar und Juanito trugen abwechselnd die Milch.

Ich erzählte dem hochwürdigen Herrn, dass es keine schlechten Kühe gebe, wohl aber schlechte Menschen.

«So schlimm ist es nicht», sagte er. «Manche Leute sind zu schwach, um dem Teufel Widerstand zu leisten. Schwäche macht die Menschen schlecht. Und Diego und Carlos sind nicht die schlimmsten. Sie wachsen ohne Mutter auf. Du siehst ja, was daraus wird.»

Ich redete mit dem hochwürdigen Herrn, und Pilar und Juanito gingen wie zwei niedrige Dienstboten hinter dem Maulesel her. Ich saß im Schatten des Sonnenschirms und fühlte mich wie eine Prinzessin bei ihrem fröhlichen Einzug in Biar. Ich winkte den Leuten mit einer königlichen Gebärde zu, und die Leute winkten lachend zurück.

Ich wusste noch nicht, dass ich mit diesem Bild der Zeit voraus war.

* * *

Meine Mutter sang gern für Paco. Ich saß dann still in einer Ecke der Schlafkammer und hörte zu.

> «Wenn die kleinen Schafe gähnen,
> wenn die Erde rot erglüht,
> gehen die kleinen Menschen schlafen.

Mutter, wirst du Wolle spinnen?
Der Vater schläft am warmen Herd,
daneben liegt der Hund und wedelt.

Vierzehn Händchen, vierzehn Füßchen.
Für sieben Nasen, sieben Herzen,
gibt es immer Platz genug.

Wenn die kleinen Schafe gähnen,
wenn die Erde rot erglüht,
dann weißt du, dass du schlafen musst.»

Es war dämmrig im Zimmer. Ich konnte hören, wie Paco an seinen Händchen saugte. Er gurrte, als wolle er zeigen, dass er noch wach war. Meine Mutter sang weiter, bis er still wurde und der Korb aufhörte, sich zu bewegen. Sie schaute ihn noch eine Weile an. Ich konnte ihr Gesicht nicht genau erkennen. Es war ein weißer Fleck in der Beinahe-Dunkelheit.

Ich kannte diesen Blick. So würde sie auch mich gleich anschauen, sobald sie mich bemerkte.

Ich saß ganz still und wartete. Meine Mutter drehte sich um und sah mich an.

«Dolores», sagte sie, «wie still du jetzt bist. Schau doch, wie du dasitzt. Wenn du zuhörst, wird dein Körper zu einem großen Ohr. Du kannst mit deinem ganzen Körper zuhören.»

Ich dachte an Diego und Carlos und an alle Kinder,

die ohne Mutter aufwuchsen. In diesem Moment taten sie mir sehr leid.

Meine Mutter hob mich hoch, wie sie Julia immer hochhob, und trug mich zum Wohnzimmer. Ich saß ganz still auf ihrem Arm, die Hände um ihren Hals gelegt. Wenn dieser Augenblick doch nie vorbeigehen würde!

Daran habe ich mich immer erinnert – bevor ich einschlief oder wenn mir alles zu viel wurde. Es ist eine Erinnerung, die mir niemand wegnehmen konnte und die wie ein Stern weiterstrahlt, wenn alles um mich herum dunkel wird. Wie oft habe ich mir das nicht laut vorgesagt?

«Ich bin Dolores. Mein Herz ist zu groß für meinen Körper. Mein Körper ist zu klein für mein Herz. Ich bin ein Zwerg, aber meine Mutter liebt mich.»

Was dort geschah

Lucinda

Am langen Tisch im kleinsten der drei Speisesäle saßen Don Pedro, Doña Rosita und ihre Tochter Lucinda beim Mittagessen. Ausnahmsweise waren an diesem Sonntag keine Gäste im Schloss, außer dem Priester, der jeden Sonntag mit am Tisch saß.

Nach dem Gebet vor dem Essen war die Atmosphäre entspannt. Der hochwürdige Herr schob dem Mundschenk seinen Becher hin und nahm sich von den gebratenen Hühnern. Mit den Händen legte er einen kräftigen Hahn auf sein Fleischbrett und begann, das Tier in vier Teile zu schneiden, als er den tadelnden Blick von Doña Rosita auf sich ruhen fühlte.

Donnerwetter, dachte er, nun habe ich schon wieder die Gabel vergessen!

Er suchte zwischen den Falten seiner Soutane nach der Gabel, die Doña Rosita ihm geschenkt hatte. Die Gabel war mit einer kleinen Kette an seinem Gürtel befestigt. Er nahm das Ding zwischen die Finger und betrachtete es aufmerksam: eine Gabel aus Silber mit zwei Zinken und einem Griff aus Elfenbein. Er öffnete das Häkchen und legte die Gabel neben sein Fleischbrett auf den Tisch.

All diese neuen Sachen der Reichen, dachte der hochwürdige Herr. Immer wieder vergaß er, dass er dieses Ding in das Fleisch stechen sollte, um es vom Brett zu nehmen. Zum Glück durfte er seine Hände benutzen, um das Hähnchen zu essen.

Genüsslich machte sich der Priester daran, eine Keule abzunagen. Das Fett rann an seinem Kinn hinunter. Lucinda betrachtete ihn mit einem leichten Schaudern. Sie selbst zupfte mit wählerischen Fingern die leckersten Stückchen aus der Hühnerbrust, die vor ihr lag. Die Erwachsenen aßen rasch, aber Lucinda hatte alle Zeit der Welt. Sie fühlte, wie ihre Mutter ihr Fleischbrett beobachtete, und nahm ein paar Trauben aus der Schale, um sie zu beruhigen. Ob sie die Trauben auch essen würde, war fraglich.

Doña Rosita fürchtete, ihre einzige Tochter könnte wegen Mangels an Appetit dahinsiechen. Sie hatte vier Kinder auf die Welt gebracht, und Lucinda war das einzige, das am Leben geblieben war. Nach Lucindas Geburt war Doña Rositas Schoß sieben Jahre lang leer geblieben. Doña Rosita hatte heiße Gebete gesprochen, sie hatte Buße getan und sogar eine Wallfahrt nach Santiago de Compostela unternommen, doch allmählich verzweifelte sie. Sie fürchtete, ihrem Ehemann nie einen männlichen Erben schenken zu können.

Zum Glück ist mein Pedro ein sanftmütiger Mann, dachte sie. Er schlägt mich nie, und er wirft mir auch nicht vor, dass ich ihm keinen männlichen Erben schenke. Er hat sich damit abgefunden.

Doña Rosita schaute zärtlich zu, wie ihr Ehemann mit dem Messer die Hühnerkeule auf dem Fleischbrett seiner Tochter in kleine Stückchen schnitt. Auch er umgab Lucinda mit großer Fürsorge.

Doña Rosita würde es nie laut auszusprechen wagen, aber wenn sie sich mit den Frauen der anderen Schlossherren verglich, war sie sich sicher: Sie hatte Glück gehabt. In diesem Haus herrschte Liebe. Dennoch war die Ehe zwischen ihr und Don Pedro arrangiert worden, wie das in ihren Kreisen üblich war.

«Wer ist dieser Pedro?», hatte sie ihre Mutter gefragt, als sie mit vierzehn Jahren erfuhr, dass sie den künftigen Schlossherrn von Biar heiraten sollte. «Ich habe ihn noch nie gesehen. Warum muss ich jemanden heiraten, den ich nicht kenne?»

«Wir Frauen müssen unsere Pflicht erfüllen, das war immer so und wird immer so bleiben. Wir müssen folgsam sein und Kinder zur Welt bringen, damit das Erbe unseres Herrn nicht in fremde Hände übergeht.»

«Und wenn er mir nicht gefällt?», hatte die junge Rosita gefragt.

«Was soll das heißen, gefallen? Meinst du damit die sündige Lust von Bauernmädchen und Pächtern? Du musst lernen, deinen Ehemann zu lieben. Sei schön und willig, dann kommt der Rest von allein.»

Die Bedenken der junge Rosita waren überflüssig gewesen. Pedro war ein junger Mann mit strahlenden Augen und einem scheuen Lächeln. Sein Gesicht war noch so glatt wie ein unbeschriebenes Stück Pergament. Es war Liebe auf den ersten Blick.

Doña Rosita wurde durch die hohe Stimme ihrer Tochter aus den Gedanken gerissen.

«Wer ist denn das kleine Mädchen in der Kirche?», fragte Lucinda.

«Welches kleine Mädchen?», wollte Don Pedro wissen. «Die Kirche ist voll mit kleinen Leuten.»

«Lucinda spricht nicht von den Pächtern und ihren Familien», sagte Doña Rosita. «Sie meint die Zwergin, die ihr immer zuwinkt.»

«Dieses lärmende Geschöpf ist der Nagel am Sarg des Pächters Jacobo», sagte der Priester lachend.

«Dieser Jacobo und seine Frau haben sieben Kinder», sagte Don Pedro. «Sieben hungrige Mägen, die gefüllt werden müssen, und Kinder sind wie junge Vögel: Sie haben immer Hunger.»

«Nicht alle», sagte Doña Rosita mit einem bekümmerten Blick auf das Fleischbrett ihrer Tochter. «Ist es nicht Gott geklagt, dass die armen Leute so viele Kinder bekommen, während wir ...»

Ihr Mann unterbrach sie: «Ein guter Arbeiter, dieser Jacobo, aber kein einfacher Mensch.»

«Ihm sitzen die Hände zu locker», sagte der Priester. «Die Kinder bekommen mehr Schläge als Brot.»

«Ich finde dieses kleine Mädchen lustig», sagte Lucinda. «Wie heißt sie?»

«Dolores», sagte der Priester. «Sie ist ein Wildfang, aber das Mädchen hat ein gutes Herz. Und sie kann reden. Die Kleine redet einem die Ohren vom Kopf.»

«Sie beleidigt die Leute», sagte Doña Rosita missbilligend.

«Sie hat ‹Mopsnase› zu Schwester Immaculata gesagt», sagte der Priester mit einem Anflug von Befriedigung in der Stimme.

«So eine Frechheit», sagte Doña Rosita.

«Ich finde sie witzig», sagte Lucinda noch einmal. «Darf sie zum Spielen kommen?»

«Es ist nicht üblich, dass Kinder von Pächtern zum Spielen hierher kommen», sagte Doña Rosita.

«Diese Zwergin könnte ein guter Narr werden», sagte Don Pedro. «Sie hat Talent.»

«Jetzt, wo Sie es sagen», sagte der hochwürdige Herr, «sie ist ein gescheites Mädchen. Und ist es nicht Mode, einen Narr im Schloss zu haben? An allen großen Schlössern Aragóns und Kastiliens gibt es Narren, und fast alle sind Zwerge.»

«Du meinst doch nicht, dass wir das Mädchen als

Närrin aufnehmen sollten?», sagte Doña Rosita. «Am Schluss erwarten die anderen Pächter noch, dass wir ihre Kinder ebenfalls durchfüttern.»

«Die Idee ist nicht so dumm», sagte Don Pedro bedächtig. «Lucinda fängt demnächst mit ihrem Unterricht an. Ist es nicht besser für ein Kind, mit anderen Kindern zusammen zu lernen? Wie alt ist diese Dolores eigentlich?»

Der Priester überlegte kurz. «Ich denke, sie ist sechs oder sieben», sagte er.

«Sieben Jahre, genau wie ich», sagte Lucinda zufrieden. «Warum ist sie dann eigentlich so klein?»

«Dolores ist eine Zwergin, Liebes», sagte Doña Rosita. «Zwerge werden nicht groß.»

«Wie nett», sagte Lucinda.

«Nett, aber wertlos auf dem Feld und im Haus», sagte Doña Rosita. «Was soll aus ihr werden? Du kannst sie nicht mal verheiraten. Für so ein Kind wäre es besser, tot geboren zu werden.»

«Für den Pächter Jacobo ist Dolores nur ein weiterer hungriger Mund», sagte Don Pedro.

Der Priester schaute den Schlossherrn eindringlich an. Er wusste, dass in Don Pedros Kopf eine Idee zu reifen begann.

«Vielleicht sollten wir sie hierher kommen lassen, damit sie gemeinsam mit Lucinda unterrichtet wird?», sagte Don Pedro.

«Ja, ja!», rief Lucinda.

«Was fällt dir jetzt schon wieder ein?», sagte Doña Rosita.

«Kinder essen in Gesellschaft anderer Kinder immer besser», sagte der Priester beiläufig.

«Sie braucht ja nicht immer hier zu wohnen», sagte Don Pedro. «Sie könnte sonntags nach Hause gehen.»

«Sie hat schöne Haare», sagte Lucinda. «Ich könnte sie kämmen.»

«Wie kommt diese Dolores zu diesen hellen Haaren und den blauen Augen?», sagte Doña Rosita. «Ihre Eltern sind doch dunkel?»

«Vielleicht war das ein Geschenk Gottes, um das eine oder andere wiedergutzumachen?», sagte der hochwürdige Herr.

«Blonde Haare und blaue Augen, was für eine Schönheit, vergeudet an eine Zwergin», sagte Doña Rosita.

«Das ist denn auch das Einzige, was an der armen Kreatur schön ist», sagte der Priester. «Arme und Beine sind viel zu kurz, und ihr Kopf klebt ohne Hals auf ihrem Körper.»

Lucinda betrachtete den hochwürdigen Herrn und dachte, dass seine Beschreibung von Dolores auch für ihn galt, nur war der Körper des Priesters nicht klein, sondern hatte enorme Ausmaße.

«Sie ist perfekt», sagte Don Pedro träumerisch. «Wir können ihr Kunststücke beibringen. Solche, die Zwerge bei Festen immer aufführen. Dann hat das Schloss von Biar seinen eigenen Narren.»

«Was für eine glänzende Idee, Herr», sagte der Priester. «Eine rechtschaffene Idee. Gott wird es Ihnen vergelten.»

Don Pedro legte seine Hand auf die Hand Doña Rositas. «Was meinst du, Liebste?»

Doña Rosita betrachtete Lucindas Essen, das inzwischen kalt geworden war. «Wir können es versuchen», sagte sie seufzend.

Lucinda klatschte in die Hände. «Ja, Mutter. Danke, danke, danke!»

Don Pedro warf dem Priester einen Blick zu. «Was meinen Sie, Hochwürden, würden Sie dem Pächter Jacobo unsere Bitte ausrichten?»

«Das will ich gern für Sie tun», antwortete der hochwürdige Herr.

⁂

Noch am selben Tag ritt der Priester auf seinem Maulesel zum Häuschen von Jacobo und Gabriella. Vor der Tür saßen Juanito und Sancho und spielten mit runden Steinen im Sand. Juanito grüßte den hochwürdigen Herrn, und noch ehe dieser von seinem Reittier abgestiegen war, rannte der Junge ins Haus und rief: «Der Priester ist da!»

Vater Jacobo nahm seine Mütze ab, als der hochwürdige Herr auf der Schwelle erschien, und jagte die anderen Kinder mit einer Gebärde hinaus, als wären sie lästige Fliegen. Mutter Gabriella senkte demütig den Kopf, bot dem Priester den einzigen Stuhl an, der vorhanden war, und schenkte ihm einen Becher Wein ein. Jacobo setzte sich zu ihm auf die Bank hinter dem Tisch.

«Woher die Ehre, Hochwürden?», fragte er.

Der Priester überbrachte Don Pedros Vorschlag: Dolores solle Lucindas Gesellschafterin werden. Man würde sie zur Hofnärrin ausbilden. Sie solle sechs Tage und sechs Nächte im Schloss wohnen. Am Sonntagmorgen würde sie mit Lucinda in die Kirche kommen, und danach dürfe sie mit ihrer Familie nach Hause bis zum nächsten Morgen.

Gabriella schlug erschrocken die Hände vors Gesicht.

«Mein Kind eine Närrin», klagte sie mit Tränen in den Augen. «Ich habe mal einen Narren gesehen, als Spielleute vorbeikamen. Er wurde öffentlich zur Schau gestellt, mit einer Narrenkappe auf dem Kopf. Die Leute lachten über alles, was er tat, und wenn er sich bewegte, klimperten die Glöckchen an seinen Kleidern. Ich habe genau gesehen, wie elend ihm zumute war. Die Leute vergessen manchmal, dass ein Zwerg auch ein Mensch ist.»

«Stell dich nicht so an, Frau», sagte Jacobo. «Sagen Sie, Hochwürden, was springt dabei heraus?»

«Das Mädchen bekommt eine Ausbildung. Sie wird lesen und schreiben lernen. Es ist eine großartige Chance für die Kleine.»

«Ist das alles? Was nützt das denn dem Kind eines Pächters?», sagte Jacobo.

«Dolores bekommt sechs von sieben Tagen Unterkunft und Verpflegung, das ist ein Mund weniger zu füttern. Und Kleidung bekommt sie ebenfalls von Don Pedro.»

«Diese Rotzgöre wird uns auf die Dauer nicht mehr kennen wollen», sagte Jacobo.

«Dolores ist nicht so», sagte der Priester. «Wie ich sie kenne, macht sie keinen Unterschied zwischen arm und reich. Ihr liegt das Herz auf der Zunge, egal ob sie zu einem Herrn oder einem armen Mann spricht, und das wird immer so bleiben.»

«Daran werden sie sich im Schloss wohl auch gewöhnen müssen», sagte Gabriella.

«Was sollen wir denn sonst mit diesem Mädchen anfangen?», sagte Jacobo ungeduldig zu seiner Frau. «Sie ist lästig, sie läuft einem nur im Weg herum.»

Gabriella weinte leise. «Meine kleine Dolores, habe ich sie dafür auf die Welt gebracht?»

«Die Kleine wird immer genug zu essen haben», sagte der Priester.

«Immer genug zu essen, aber wir werden sie nur noch ab und zu sehen», sagte Gabriella.

«Frau», sagte Jacobo, «wir sollten dem hochwürdigen

Herrn und Don Pedro dankbar sein. Ein Kind wie Dolores eignet sich nicht fürs Heiraten. Wer soll für sie sorgen, wenn wir nicht mehr da sind? Hast du daran schon mal gedacht?»

«Das ist wahr», sagte der Priester. «Wenn Dolores sich richtig anstellt, weiß man wenigstens, dass sie für die Zukunft ausgesorgt hat.»

Gabriella starrte vor sich hin. «Wenn es wirklich nicht anders geht ...», sagte sie traurig.

* * *

Juanito ging mit Dolores an den Häusern der Pächter vorbei und durch die Stadt bis zum Berg, auf dem das Schloss stand. Die Sonne am Himmel kletterte langsam höher, aber es war noch nicht zu heiß.

Vom Fuß des Berges schaute Dolores nach oben und sah die rechteckigen Türme und die fensterlosen Mauern des Schlosses, die hoch über ihr aufragten.

«Man kann nicht hinausschauen, wenn man im Schloss ist», sagte sie.

«Von den Fenstern des Schlosses sieht man auf die Innenhöfe», sagte Juanito. «Man muss auf den Turm klettern, um die Stadt zu sehen. Wenn man dort oben steht, kann man bestimmt sehr weit sehen.»

«Ich kann nicht so gut klettern wie du. Der Turm ist zu hoch. Ich werde unser Haus nicht sehen können.»

«Du kommst doch schon am Sonntag nach Hause zurück, Dolores.»

«Ich werde euch nur einen kurzen Tag lang sehen, denn nachts ist es dunkel, und alle schlafen.»

«Was stellst du dich an! Ich wäre froh, wenn ich im Schloss wohnen dürfte», sagte Juanito. «Jeden Tag herrliches Essen, und du lernst lesen und schreiben. Ich würde gern mit dir tauschen. Was nützt es jemandem wie dir, dass er lesen kann?»

«Wie meinst du das: jemandem wie mir?», sagte Dolores mit zitternder Unterlippe.

«Jemandem, der so klein ist wie du», sagte Juanito. «Und fang jetzt nicht an zu weinen. Das ertrage ich nicht.»

Juanito nahm Dolores an der Hand, und zusammen begannen sie, den Berg hinaufzusteigen. Schon bald gaben Dolores' Knie vor Schmerzen nach. Juanito musste sie hinaufziehen, und als auch das nicht mehr ging, trug er seine Schwester auf dem Rücken weiter.

Dolores war erschöpft, als sie oben ankamen. Zum ersten Mal in ihrem Leben stand sie vor dem Eingangstor des Schlosses. Hoch auf dem Turm wehte die Fahne des Herrn von Biar. Um den Turm heulte ein starker Wind. Dolores zitterte. Juanito zog an einer Schnur, die neben dem Tor hing, und im Innern des Schlosses schellte eine Glocke aus Bronze.

Dolores blieb das Herz stehen, als sich das große Tor öffnete. Ein Innenhof, umgeben von Galerien, und in der Mitte des Gartens ein wunderschöner Brunnen. Die durchsichtigen Wasserstrahlen glänzten in allen Farben des Regenbogens. Die Rosen rochen betörend. So etwas Schönes hatte Dolores noch nie gesehen. Sofort vergaß sie ihre Müdigkeit. Sie ließ Juanitos Hand los, trippelte in den Garten hinein und steckte ihr stumpfes Näschen in eine wunderbare, rahmfarbene Blüte.

«Riech doch mal, Juanito!», rief sie. «Das ist was anderes als der Geruch von Ziegenkötteln.»

Aber Juanito war ihr nicht gefolgt. Er wollte zwar seiner Schwester hinterherlaufen, doch der Wächter am Tor hielt ihn zurück.

«Komm doch mal riechen, Juanito!»

Dolores schaute sich nach ihrem Bruder um und sah gerade noch einen Schatten von Juanito, bevor das Tor zufiel. So schnell ihre kurzen Beine es zuließen, rannte sie zum Tor und schlug mit ihren Fäusten gegen das Holz, bis ihr die Hände schmerzten.

Das Tor wollte nicht nachgeben, und Dolores fing an zu weinen. Sie fühlte sich vom Schloss verschlungen. Was würde jetzt aus ihr werden?

Dolores erstarrte, als sie eine Hand auf ihrer Schulter spürte. Die Hand war so sanft gelandet wie ein Schmetterling, aber jetzt wurde sie sich plötzlich ihres Gewichts bewusst. Erschrocken drehte sie sich um und hob ihr verweintes Gesicht. Eine Frau mit der Haube einer Dienstbotin schaute sie an und nahm sie bei der Hand. «Komm, Kleine», sagte sie.

Dolores kämpfte mit den Tränen. Sie versuchte, die Erinnerung an den kurzen, heftigen Abschied abzuschütteln. Zuerst hatte sie die Vorstellung, fortan jeden Tag mit der schönen Lucinda im Schloss von Biar zu spielen, herrlich gefunden. Doch jetzt, als sie an der Hand der Dienerin durch die Halle lief und die Treppe hinaufging, fühlte es sich ganz anders an. Sie war sieben Jahre alt, und sie würde ihre Mutter und ihre Brüder und Schwestern sechs Tage in der Woche entbehren müssen. Stattdessen würde sie sich in der Gesellschaft eines fremden Kindes befinden.

Don Pedros Schloss

Die Dienerin brachte sie in ein Zimmer, in dem Doña Rosita und Lucinda auf sie warteten. Lucinda erhob sich, ging auf Dolores zu und blieb vor ihr stehen.

«Du bist Dolores», sagte sie ernst.

Dolores war erschöpft und sprachlos. Das schöne Zimmer drehte sich vor ihren Augen. Ihre Knie wurden weich, sie sackte vor Lucinda auf den Boden, eine Zwergin in grauen Kleidern.

«Sie ist umgefallen», sagte Lucinda erschrocken.

«Das Mädchen ist erschöpft», sagte die Dienerin. «Ich habe sie die Treppe heraufschleifen müssen.»

«Setze sie neben mich auf das Sofa», sagte Doña Rosita.

Dolores wurde hochgehoben und auf das Sofa gesetzt. Es dauerte eine Weile, bis sie wieder zu sich kam und das Samtpolster des Sofas unter ihren Händen spürte.

«Weich», sagte sie erstaunt.

«Das ist Samt!», sagte Doña Rosita amüsiert.

Lucinda setzte sich auf ihre andere Seite. Sie waren beide sieben Jahre alt, aber sogar im Sitzen war Lucinda einen halben Kopf größer als Dolores. Lucinda war dünn wie ein Schilfrohr. Dolores fand sie noch schöner als sonst. Sonntags trug Lucinda immer dunkle Gewänder, doch das Kleid, das sie jetzt anhatte, war mit Gold bestickt, und der rote Stoff glänzte, als scheine die Sonne darauf. Dolores streckte die Hand aus und nahm eine Falte von Lucindas Rock zwischen die Finger. Der Stoff fühlte sich glatt und kühl an.

«Das ist Seide», sagte Lucinda.

«Schön», sagte Dolores.

«Die Fasern werden von der Seidenraupe gemacht.»

Dolores ließ den Stoff sofort los. «Eklig», sagte sie.

Doña Rosita lächelte. «Das wollene Kleid, das du trägst, wird doch auch aus Schafwolle gemacht?», sagte sie.

«Das ist nicht eklig», sagte Dolores.

«Wolle wird von den Menschen gesponnen», sagte Doña Rosita, «aber der Faden der Seidenraupe wird von der Raupe selbst gesponnen. Sie spinnt einen seidenen Faden um sich herum.»

«Warum tut sie das?»

«In ihrem Kokon nimmt sich die Raupe genug Zeit, um sich in einen Seidenschmetterling zu verwandeln.»

Dolores betrachtete erstaunt den Stoff von Lucindas Kleid. «Ist es ein roter Schmetterling?», fragte sie. «Ich habe noch nie einen roten Schmetterling gesehen.»

«Nein.» Doña Rosita lachte. «Der Seidenschmetterling ist grauweiß, und die Fäden des Kokons sind auch weiß. Die Seide kann man in allen möglichen Farben einfärben.»

Dolores schaute sich in dem Zimmer um, dessen Wände mit Fliesen in wunderbaren Farben und Mustern geschmückt waren: Blumen mit blauen Kelchen und zierlichen goldenen Arabesken. Noch nie in ihrem Leben hatte sie so etwas gesehen. Sie dachte an die Geschichte von der Seidenraupe, und ihr wurde klar, dass sie in eine neue, seltsame Welt geraten war. Sie betrachtete Lucindas feines Gesicht, ihre braunen Augen und die schwarzen Locken.

«Du siehst aus wie der Engel am Taufbecken in der Kirche», sagte Dolores.

«Und du siehst aus wie der Engel, der an die Decke gemalt ist, der in der rechten Ecke», sagte Lucinda.

«Der ist nackt», sagte Dolores.

* * *

Das Leben auf dem Schloss war ganz anders als das Leben, das Dolores bis dahin gewöhnt war.

Am ersten Tag ihres Aufenthalts wurde sie von einer Zofe in warmem Lavendelwasser gebadet. Dolores schrie wie am Spieß, als das Mädchen sie von Flöhen und Läusen befreite. Sie beruhigte sich erst, als Lucinda ihre

Haare lange und vorsichtig mit einem Kamm aus Elfenbein kämmte. Lucinda wickelte die blonden Strähnen um ihre Finger, um sie zu Locken zu drehen.

Abends wurde Dolores zum Schlafen in ein kleines Bett gelegt, mit richtigen Kissen und echten Laken. Das Bett stand in einer kleinen Kammer neben Lucindas Zimmer. Die beiden Räume waren durch eine Eichentür verbunden. Lucinda machte es sich vom ersten Abend an zur Gewohnheit, Dolores mit mütterlichen Gesten zu Bett zu bringen. Sie zog die Laken und die Decken glatt.

Dolores hatte Mühe, die Tränen zurückzuhalten. Wie lieb es auch gemeint war: Lucinda war ein Kind, das nur spielte, sie sei eine Mutter. Dolores erfuhr das gleiche Schicksal wie die mit Stroh gefüllte Puppe, die in einem Puppenbett in Lucindas Zimmer schlief. Aber Dolores war keine Puppe, sie vermisste ihre Mutter. Lucinda ließ die Tür zwischen den beiden Zimmern offen.

Es dauerte lang, bis Dolores in dem herrlichen Bett einschlief. Ihr war kalt, und sie fand keine Beine, an denen sie sich die Füße wärmen konnte. Es gab niemanden, der flüsternd die Dunkelheit verjagte. Dolores lag einsam zwischen den glatten Laken und vermisste den frisch aufgeschüttelten Strohsack von zu Hause.

Am zweiten Tag ihres Aufenthalts im Schloss ließ Doña Rosita einen Koffer mit wunderschönen Stoffen bringen und rief nach der Näherin. Dolores wurde auf den Tisch gestellt, und die Näherin nahm emsig an ihrem Körper Maß. Dabei schüttelte sie immer wieder den Kopf und murmelte: «Armes Ding. Nichts stimmt an diesem Körper, er ist viel zu lang, und die Beine und Arme sind zu kurz.»

Dolores fand ihre neuen Kleider wunderschön: Sie bekam neue Unterwäsche, drei Kleider, einen Mantel mit Kapuze und drei Mützen. Ihre Kleider waren nicht so prächtig wie die von Lucinda, aber viel schöner als alles, was sie bis dahin getragen hatte.

Nach dieser ersten Woche ging Dolores in ihren neuen Kleidern zur Kirche. Sie sollte vorn neben Lucinda sitzen. Dolores war aufgeregt, weil sie ihre Mutter und ihre Brüder und Schwestern wiedersehen würde. Sie setzte sich verkehrt herum auf die Bank und versuchte, einen Blick auf sie zu erhaschen. Sie winkte und rief Julias Namen, um sie auf sich aufmerksam zu machen. Noch bevor die Messe begann, nahm Doña Rosita sie ungeduldig an der Hand und brachte sie zu ihrer Familie. Nach der Messe ging sie zusammen mit ihren Eltern und ihren Geschwistern zum Pächterhaus, ohne sich noch einmal nach Lucinda umzusehen.

Unterwegs hörte Mutter nicht auf zu fragen. Bekam Dolores genug zu essen? Waren Don Pedro und Doña Rosita nicht zu streng? War sie nicht ungezogen gewesen? War Lucinda nett? Hatte sie beim Unterricht schon etwas gelernt?

Als sie merkte, dass Dolores nichts zu klagen hatte, seufzte sie: «Da bin ich aber erleichtert.»

«Was für ein prächtiges Kleid du anhast, Dolores», sagte Pilar ein bisschen neidisch.

«Schön, nicht wahr?», sagte Dolores und machte eine Pirouette, um den Rock schwingen zu lassen, einfach so, mitten auf dem staubigen Weg.

«Das lerne ich im Tanzunterricht», sagte sie.

Sie endete mit einer possierlichen Verbeugung.

«Was für eine Verschwendung an Stoff», sagte Mutter, als sie den weiten Rock sah. «Man könnte zwei Röcke daraus machen.»

Abends, als Dolores sich ausgezogen hatte, um ins Bett zu gehen, griffen Pilar und Maria mit gierigen Fingern nach ihren Kleidern. Sie versuchten sie selbst anzuziehen, aber die Sachen waren ihnen zu klein. Die Kleider passten Julia, die drei Jahre alt war. Ihre Schwestern zogen Julia die neuen Kleider an und wieder aus.

«Sie stehen Julia besser als dir», sagte Pilar.

«Sei nicht so gemein», sagte Maria. «Du bist neidisch auf Dolores.»

Maria roch an Dolores' Haaren.

«Wie gut du riechst», sagte sie.

Es gab noch etwas, worauf man neidisch sein konnte. Weil Dolores den Weg nicht zu Fuß bewältigen konnte, wurde sie jeden Montagmorgen von einem Stallknecht mit einem Esel abgeholt. Sie durfte auf dem Tier sitzen, während der Stallknecht den Esel an den Zügeln führte.

Rahm, Pfefferkuchen, Honig, Marzipankugeln, Schweinefleisch, Rehbock und Fasan: Im Schloss war das die alltägliche Kost. Nach einiger Zeit hörte Dolores auf zu erzählen, was für herrliche Sachen sie zum Essen bekam. Ihre Brüder und Schwestern konnten sich nicht einmal vorstellen, wie diese Leckereien schmeckten.

* * *

Im Schloss von Biar richtete sich jeder nach den Wünschen von Don Pedro, Doña Rosita und Lucinda. Eine Küchenmagd musste lernen, sich wie eine Küchenmagd zu benehmen. Vom Koch bis zum Stallknecht kannte im Schloss ein jeder seinen Platz.

Nur Dolores stand außerhalb dieser ungeschriebenen Regeln. Von Anfang an wurde sie als Närrin behandelt, und für Narren galten offensichtlich keine Regeln. Dolores fiel es nicht schwer, sich an das Leben im Schloss anzupassen. Genau wie zu Hause tat und sagte sie, was sie wollte. Aber anders als zu Hause wurde sie dafür nie bestraft. Ein Narr durfte immer die Wahrheit sagen, egal wie unverschämt seine Äußerungen waren. Manchmal, wenn jemand zu Gast war, dem Don Pedro selbst nicht ganz traute, stachelte er sie sogar an, offene Bemerkungen zu machen.

So wie einmal, als Doña Betsheba zum Essen da war, die Frau des Stadtrats. Dolores ließ es sich schmecken. Lucinda schob unbemerkt die besten Häppchen weiter auf ihr Fleischbrett. Dolores fühlte Don Pedros Blick auf sich ruhen. Er warf einen bedeutungsvollen Blick von ihr zu Doña Betsheba, und seine Augen glitzerten verschmitzt. Dolores sah aufmerksam zu, wie Doña Betsheba mit ihren grapschenden Wurstfingern die zartesten Stücke Wildbret aus der Schüssel pickte. Sie hatte einen kleinen Mund, den sie aber erstaunlich weit aufsperren konnte. Sie schlang das Fleisch hinunter wie ein Habicht. Danach wischte sie sich den kleinen Mund rasch mit einem Rand der Tischdecke sauber.

Dolores schaute ihr zu und schwieg auffallend lange. Gerade als Don Pedro glaubte, es würde keine Bemerkung mehr kommen, sagte sie: «Ist es nicht schwer, den Mund so weit aufzureißen, wenn man Speckwangen hat?»

Die dicke Dame betrachtete die unansehnliche Zwergin, die auf ihren drei Kissen saß, kaum über den Tischrand reichte und ihre Gabel streitlustig senkrecht auf den Tisch gestellt hatte. Doña Betsheba machte große Augen und warf Doña Rosita einen wütenden Blick zu.

«Dolores!», sagte die Schlossherrin tadelnd.

Don Pedro versuchte sich das Lachen zu verkneifen.

«Hast du noch nicht die Bekanntschaft mit unserer Närrin gemacht?», sagte er zu Doña Betsheba. «Sie meint es nicht böse. Du musst es ihr nachsehen.»

In solchen Augenblicken schämte sich Doña Rosita wegen der kleinen Närrin, bei anderen Gelegenheiten aber fand sie sie amüsant. Das Kind konnte überraschend spitzfindig sein. Wie an jenem Abend, als Dolores und Lucinda durch das Fenster den Innenhof betrachteten, den duftenden Garten und den klaren Sternenhimmel darüber.

«Mama, wohin geht die Sonne nachts?», fragte Lucinda.

«Das weiß ich nicht, Liebes», sagte Doña Rosita.

«Ich glaube nicht, dass die Sonne weg ist», sagte Dolores. «Ich denke, dass Gott jeden Abend ein riesiges Sieb mit klitzekleinen Löchern über die Scheibe der Erde stülpt, um die Welt vor dem nächsten Tag zu schützen. Wenn am Himmel keine Wolken sind und die Sonne durch die Löcher scheint, dann kann man die Sterne sehen.»

Der Hauslehrer, Meister Polidoro, war mit seiner neuen Schülerin nicht so glücklich. Für ihn war Dolores ein lästiger Naseweis, der Fragen stellte, die er nur schwer beantworten konnte.

«Warum sind Ritter immer Männer, und warum

wollen Männer immer kämpfen und anderen Befehle geben?», fragte sie.

Oder noch schlimmer: «Warum ist Gott ein Mann?»

Und: «Wenn man immer weiter geht bis zum Rand der Welt, fällst man dann hinunter?»

Oder: «Was passiert, wenn es blitzt? Ist Gott dann böse? Oder hat mein Vater recht, und es ist der Teufel, der mit seinem Wagen über einen holprigen Weg fährt?»

Und: «Kräuter können einen gesund machen – warum ist eine Kräuterfrau dann eine Hexe?»

Meister Polidoro machten die vielen Fragen ganz verrückt. Von seinen beiden Schülerinnen war Dolores die gescheitere und neugierigere, doch ihre Ergebnisse standen in keinem Verhältnis dazu. Lucinda arbeitete fleißig, aber Dolores war zu eigensinnig und zu launenhaft, um ihre Arbeit ordentlich zu beenden. Immer gab es etwas, das ihre Aufmerksamkeit von der Aufgabe ablenkte, mit der sie beschäftigt war: ein farbenprächtiger Fink, der gerade in einem Strauch pfiff, oder ein Lichtstrahl, in dem die Staubkörner tanzten. Wenn die Sonne dann hinter einer Wolke verschwand, war es mit ihrer guten Laune vorbei, und Dolores wurde lästig.

Trotzdem fand Dolores es herrlich, dass sie lernte, Buchstaben zu schreiben. Schreiben war wie zaubern: Die Buchstaben bildeten Wörter, die Wörter bildeten Sätze, und aus den Sätzen wurden Geschichten, die in dicken Büchern aufgeschrieben waren. Unter dem Ledereinband eines Buchs konnte sich eine ganze Welt verbergen, und die gemalten Bilder waren prächtig. Aber selbst schreiben zu lernen fand sie sehr schwer. Dazu fehlte ihr die Geduld. Wenn Lucinda etwas schrieb, standen die Wörter ordentlich in Reih und Glied. Wenn Dolores schrieb, war es, als wäre eine Krabbe kreuz und quer über ihre Tafel gelaufen.

Dolores fand Meister Polidoro langweilig, aber Meister Vittorio, den Lehrer für Tanzen und Musik, mochte sie sehr. Er hatte grüne Augen mit langen Wimpern und lange, dünne Finger, die fein unter seinen Spitzenmanschetten hervorkamen. Seine Finger liebkosten die Tasten des Cembalos oder hüpften darüber und brachten die schönsten Melodien hervor. Als Dolores zum ersten Mal in ihrem Leben die Klänge des Cembalos hörte, war es, als beginne eine Saite in ihrem Körper zu vibrieren.

«Was hast du?», sagte Lucinda. «Du wirst so rot!»

«Schön», sagte Dolores atemlos.

«Ja», sagte Lucinda träumerisch, «und er riecht so gut. Nicht nach Schweiß, sondern nach Veilchen und Rosen.»

«Ich meine nicht den Lehrer, sondern die Musik, du Dummkopf», sagte Dolores.

Sie hüpfte mit einem Sprung vom Sofa herunter, auf dem sie saß, und stellte sich neben den Musiklehrer.

«Ich will es selbst machen», sagte sie.

Mit einem Finger drückte sie eine Taste des Cembalos herunter. Und noch eine und noch eine und noch eine ...

Meister Vittorio hielt ihre kleine, wild gewordene Hand fest.

«Ruhig», sagte er mit einem erstaunten Lächeln, «du hast noch genug Zeit, alles zu lernen.»

Dolores war so erpicht darauf, das Musizieren zu lernen, dass sie alles schneller spielte, als man es ihr beibrachte. Manchmal dachte sie sich eine wilde Tonleiter oder eine kleine Melodie aus. Nie wurde es ihr zu viel, und sie spielte, bis sie vor Erschöpfung von ihrem Bänkchen fiel.

Meister Vittorio beobachtete verblüfft die lernbegierige Zwergin, die Musik machte und wie eine Wilde tanzte. Ein Tanz, den er den Mädchen beibrachte, wurde von Lucinda sehr fein und präzise ausgeführt. Bei Dolores wurde derselbe Tanz eine lustige Aufführung. Meister Vittorio war erstaunt, wie ihr kleiner Körper jede Bewegung zu einer absurden Variante umformen konnte. Lucinda bog sich vor Lachen, wenn sie Dolores herumhüpfen sah. Der arme Meister Vittorio, der es gewöhnt war, jede Aufgabe perfekt auszuführen, wusste nicht, was er mit Dolores anfangen sollte. Eines Tages sprach er mit Don Pedro über seine Besorgnis.

«Mit der Kleinen geht es nicht so, wie es soll», sagte er. «Sie ist wissbegierig genug, aber sie hat nun mal nicht den Körperbau und das Durchhaltevermögen, um eine gute Tänzerin zu werden. Ich weiß nicht, ob es sinnvoll ist, mit der Sache weiterzumachen, mein Herr.»

«Wir werden kommen und zuschauen, was sie treibt», sagte Don Pedro.

So geschah es, dass Doña Rosita und Don Pedro sich eine kleine Tanzvorstellung im Musikzimmer ansahen.

Lucinda und Dolores gaben beide ihr Bestes. Sie führten den gleichen Tanz auf, aber der Unterschied war enorm.

Doña Rosita lachte hinter der Hand, Don Pedro grinste, und am Schluss klatschten sie beide gleich begeistert.

«Sehr schön, Lucinda», sagte Doña Rosita, «du bist so elegant wie ein Schwan.»

«Perfekt, Dolores!», sagte Don Pedro.

Er legte seine große Hand auf den verschwitzen Kopf des Mädchens, das mit glänzenden Augen zu ihm aufschaute.

«Mach weiter so, Kleine», sagte er zufrieden.

Und zu Meister Vittorio: «Und du auch, mein Wertester! Diese Zwergin wird eine Närrin werden, um die man uns in ganz Aragón und Umgebung beneidet.»

Maria

So vergingen vier Jahre. Dolores betrachtete weiterhin alles um sich herum aus derselben Höhe, während ihre Brüder und Schwestern wuchsen und Lucinda in die Höhe schoss wie ein Rosenzweig.

Dolores hatte immer stärker das Gefühl, nirgendwo dazuzugehören. Sie bekam Nackenschmerzen, weil sie stets zu den Menschen aufschauen musste. Bei Tisch saß sie immer noch auf drei Kissen, und manche Lieder konnte sie nur mit Mühe auf dem Cembalo spielen, weil die Töne zu weit auseinander lagen. Sie hätte am liebsten stundenlang auf dem Cembalo gespielt, aber sie wurde sehr müde davon. Wenn sie eine schwierige Melodie spielte, hatte sie das Gefühl, ihr Körper würde in zwei Hälften zerrissen, und manchmal wünschte sie, das würde tatsächlich passieren. Dann könnte ihre linke Hälfte immer im Pächterhaus ihrer Eltern bleiben, während ihre rechte Hälfte lesen und schreiben lernte. Ihre rechte Hälfte würde sich die frühreifen Bemerkungen ausdenken, die Doña Rosita in Erstaunen versetzten, während ihre linke Hälfte die groben Worte sprechen würde, die ihre Geschwister am besten verstanden. Ihre rechte Hälfte würde Menschen beleidigen und unpassende Bemerkungen machen, um Don Pedro einen Gefallen zu tun, während ihre linke Hälfte lernen würde zu schweigen, um ihren Vater nicht zu erzürnen.

Dolores konnte sich nicht beklagen. Sie wurde im Schloss gut versorgt. Sie bekam die besten Häppchen. Im Sommer war es nicht zu warm und im Winter nicht zu kalt. Wenn sie Knieschmerzen hatte, ließ Doña Rosita sie von einer Zofe mit einer wohlriechenden Salbe einreiben, deren Wärme bis in ihre Knochen drang. Wenn sie zu wild getanzt oder gespielt hatte, wurden ihre Haare und ihre Kleider wieder in Ordnung gebracht.

Dennoch war es nicht einfach, den Erwartungen ihrer Umgebung zu entsprechen. Rohe Ausdrücke gehörten sich nicht im Schloss, und trotzdem rollten sie ihr manchmal aus dem Mund. Das war natürlich erlaubt. Alles war erlaubt, denn Dolores war die Närrin, der nie etwas verboten wurde. Aber sie erkannte es an Doña Rositas erschrockenem Gesicht, wenn sie eine unpassende Bemerkung gemacht hatte. Dann schnappte Dolores wie ein Fisch auf dem Trockenen, um die Wörter wieder zu verschlucken, aber es war immer zu spät. Grobheiten klatschten wie Kieselsteine an die Wände und klangen immer viel zu laut an.

In dem Pächterhaus von Jacobo und Gabriella hingegen begann Dolores als Folge des Unterrichts, den sie im Schloss bekam, auf eine ganz andere Art und Weise zu sprechen. Sie redete manchmal über Sachen, die sogar ihre Eltern nicht verstanden.

«Mach uns nicht verrückt mit diesen teuren Wörtern», sagte Vater Jacobo drohend. «Ein Astrodingsbums, was ist das für ein Teufelszeug? Ich möchte nichts mehr davon hören!»

«Ein Astrolabium», verbesserte Dolores. «Damit kann man die Entfernung zu den Sternen messen.»

«Schweig, sag ich!»

«Du redest affig», sagte Julia, die inzwischen einen Kopf größer war als Dolores.

«Was willst du?», sagte Juanito. «Dolores ist eine Primadonna. Hast du gesehen, wie sie tanzen kann?» Er stieß den Finger zwischen Dolores' Rippen. «Tanz nochmal, Dolores, zeig uns, was du kannst.»

Pilar klatschte rhythmisch in die Hände und begann zu singen.

«Los, Dolores!», rief Sancho.

Widerwillig begann Dolores zu tanzen, doch allmählich wurde sie vom Rhythmus des Klatschens mitgerissen. Sie hüpfte mit ausgebreiteten Armen im Kreis und bewegte ihre Hände hin und her. Ihr weiter Rock schwang in einem Bogen um sie herum.

Ihre Geschwister lachten. Dolores hörte abrupt auf zu tanzen. Im Schloss machte ihr das Gelächter der Leute nichts aus, aber das Lachen ihrer Geschwister tat ihr weh.

«Hör auf», sagte Maria. «Dolores ist doch kein Affe, der Kunststücke vorführen muss.»

«Im Schloss aber schon», sagte Pilar.

«Lasst Dolores in Ruhe, wir essen jetzt», sagte Mutter müde.

«Hochwohlgeborene Schwester Dolores», sagte Juanito, «gestatten Sie mir, Sie an Ihren Platz am Tisch zu geleiten? Wir essen Brei mit Korinthen. Das bekommst du im Schloss doch nie, oder?»

Jeden Sonntagabend, wenn sie zwischen den warmen Körpern ihrer Geschwister lag, dachte Dolores: Mein Körper braucht zu viel Platz.

Dolores lauschte auf die Atemzüge der anderen. Maria hustete im Schlaf.

Sie sind so nah, dachte sie. Ich könnte Julias Köpfchen streicheln. Ich könnte Sanchos Füße mit einem Strick zusammenbinden, ohne dass er aufwacht. Ich könnte Pilar mit einem Strohhalm an der Nase kitzeln. Aber Paco und Jasmina lass ich lieber in Ruhe, die fangen bestimmt an zu weinen, wenn sie meinen dicken Kopf im Dunkeln auftauchen sehen.

Jasmina war ihr kleinstes Schwesterchen. Sie schaute sie ernst an, auch wenn Dolores Grimassen schnitt. Julia hatte früher immer darüber lachen müssen, aber die beiden Kleinen lachten nie. Paco sagte keinen Ton, und Jasmina begann meist zu weinen.

Dolores spürte, wie hinter ihren Augen die Tränen brannten.

Ich bin zwar hier, aber ich gehöre nicht mehr dazu, dachte sie. Nicht wirklich.

* * *

Der Winter des Jahres 1490 war kalt. Nicht einmal das Feuer im offenen Kamin konnte die Feuchtigkeit in den Schlossmauern vertreiben. Am 2. Februar wurde ein großes Bankett angerichtet, man wollte feiern, dass die dunkelsten Tage des Jahres vorbei waren. Beim Bankett erschien eine Wahrsagerin. Sie tauchte wie eine schwarze runzlige Krähe hinter dem Rücken von Doña Rosita auf. Vermutlich war sie mit dem Zauberer und den Tänzern, die das Fest aufheitern sollten, hineingeschlüpft. Dolores lief ein kalter Schauer über den Rücken.

Das ist eine Hexe, genau wie Crispina, dachte sie.

Die Wahrsagerin schlich wie ein Gespenst um den Tisch herum. Die Reifen an ihren Handgelenken und Knöcheln klimperten. Sie prophezeite den anwesenden Edelleuten und Würdenträgern eine rosige Zukunft. Glück brachte nun mal mehr Münzen in ihren Geldbeutel als Unglück. Lucinda war begeistert von dem sorglosen Leben, das ihr vorhergesagt wurde.

«Und jetzt Dolores», rief sie.

Dolores fühlte, wie der durchdringende Blick der Wahrsagerin auf ihr ruhte. Die grünen Augen in ihrem wettergegerbten Gesicht leuchteten.

«Die Zukunft dieser kleiner Närrin ...», sagte die Wahrsagerin langsam. Sie nahm die Hände des Mädchens und studierte die kleinen, viereckigen Handflächen.

«Die Zukunft dieser Kleinen ist bestimmt kein Märchen. Willst du sie wirklich wissen, mein Kind?»

Dolores zog ihre Hände zurück und versteckte sie hinter dem Rücken.

«Jetzt stell dich doch nicht so an», sagte Lucinda.

Widerwillig hielt Dolores ihre Hände wieder hin.

«Eine große Veränderung in der nahen Zukunft», sagte die Wahrsagerin. «Ein Verlust, der dich sehr treffen wird. Eine Liebeslinie als tiefe Wunde. Wenig Glück und viel Trauer. Eine kurze Lebenslinie, die abrupt abgeschnitten wird.»

Dolores zog zum zweiten Mal die Hände zurück. Sie betrachtete ihre Handflächen und suchte die Worte, die dort geschrieben standen. Ein paar Linien und Falten, sonst war da nichts. Wütend stieß sie mit den Füßen gegen die Unterseite der Tischplatte. Die Teller auf dem Tisch klirrten.

Die Tischgenossen lachten, aber Doña Rosita bekam Mitleid. Sie stand auf und streichelte Dolores' Schultern.

«Du darfst nicht daran glauben», sagte sie, «hörst du mich, Dolores?»

Aber Doña Rositas Gesicht war blass, mit einem kurzen Kopfnicken gab sie Don Pedro ein Zeichen. Die Wahrsagerin wurde von zwei kräftigen Dienern aus dem Festsaal entfernt.

An einem Sonntagabend in diesem Winter brachte ein böser Nordwestwind kalte Luft aus der Sierra de Alcaraz. Der Wind jagte die Wolken auseinander, es entstand ein grelles, farbenprächtiges Spektakel aus Orange, Lila, Gold und Rosa. Der Mond und der Morgenstern leuchteten noch hell am Himmel. Dolores saß auf ihrem kleinen Esel Pepito. Sie war mit den Bewohnern des Schlosses auf dem Weg zur Kirche. Wie Lucinda trug Dolores einen feinen Schleier, dennoch peitschte ihr der aufgewirbelte Sand ins Gesicht. In der Kirche wollte sie sich wie immer zu ihrer Familie stellen, doch sie sah niemanden. Es geschah öfter, dass die Schlossgesellschaft eher in der Kirche war. Dolores wartete. Sie lauschte auf den Wind, der um die Kirche pfiff und kalte Luft durch die Ritzen blies. Die Kerzen am Altar flackerten. Leute strömten in die Kirche, aber keiner stellte sich neben sie. Die Messe begann. Der Pfarrer führte mit langsamen Bewegungen die Rituale aus. Dolores wurde mit jedem Wort und mit jeder Geste ungeduldiger. Dann fing der Pfarrer mit der Zeremonie an. Dolores trat von einem Fuß auf den anderen. Ihr war, als würde sie mit Nadeln gestochen.

Was ist denn los mit mir?, dachte sie. Vermutlich gibt es irgendeinen dummen Grund, warum noch keiner von meiner Familie in der Kirche ist.

Sie schüttelte den Kopf, als könne sie dadurch die düsteren Gedanken loswerden, aber das seltsame Gefühl blieb innen an ihrem Schädel kleben.

Diese eklige Wahrsagerin hat mir Angst gemacht, dachte sie.

Der Pfarrer predigte immer weiter. Dolores spürte das Blut in ihren Ohren rauschen. Sie hielt es nicht mehr aus! Sie drehte sich um und rannte aus der Kirche. Sie rannte und rannte, bis sie um die letzte Kurve bog und das kleine Pächterhaus von Jacobo und Gabriella vor sich auftauchen sah. Das Haus war ein dunkler Fleck. Durch die offene Tür konnte man das Feuer im Ofen als hellen Punkt erkennen. Alles war ruhig, zu ruhig. Um das Haus herum bewegte sich nichts.

«Hallo, ich bin da!», rief Dolores schon von weitem.

Julia kam nicht herausgerannt, um sie zu begrüßen. Auch Juanito kam nicht an, um sie wie ein wildes, bockiges Lasttier auf dem Rücken ins Haus zu tragen.

Dolores ging hinein. Im Wohnzimmer saßen ihre Brüder und Schwestern still am Ofen. Dolores wurde nicht mit einer fröhlichen Bemerkung begrüßt, wie es sonst geschah. Keiner erzählte, warum sie nicht in die Kirche gekommen waren. Pilar hielt die kleine Jasmina auf dem Schoß, und Paco spielte mit einem Stück Holzkohle, das neben den Ofen gefallen war. Er war schwarz wie ein Mohr. Keiner achtete auf ihn.

«Wo ist Mutter?», fragte Dolores.

«In der Schlafstube, bei Maria», antwortete Pilar.

Das kalte Gefühl von vorher kam in aller Heftigkeit zurück.

«Was ist mit Maria?», fragte sie.

«Sie hat hohes Fieber», sagte Juanito. «Sie redet nur wirres Zeug.»

«Sie wird doch nicht sterben?», sagte Dolores mit zitternder Stimme.

«Sprich das Wort nicht aus», sagte Juanito schnell.

An diesem Sonntag waren sie alle schweigsam. Keiner sprach offen aus, dass es Maria schlechtging, aber jeder wusste es. Dolores blieb mit den älteren Kindern bis in den späten Abend beim ausgehenden Feuer sitzen. Sie beteten einen Rosenkranz nach dem anderen. Vater Jacobo lief ständig im Zimmer auf und ab, setzte sich manchmal kurz hin und betrachtete seine hilflos herabhängenden Hände. Im anderen Zimmer saß Mutter Gabriella neben Maria, mit einer Decke um die Schultern. Sie hielt die Hand ihrer ältesten Tochter und kühlte ihre Stirn mit nassen Tüchern.

Nachts tat Dolores kein Auge zu.

Am nächsten Morgen kam der Stallknecht Andreo, um Dolores abzuholen. Dolores weigerte sich, ihn zum Schloss zu begleiten.

«Ich komme zurück, wenn es Maria bessergeht», sagte sie.

Andreo gab sich keine Mühe, sie umzustimmen. Schon seit vier Jahren kam er jeden Montag, um Dolores abzuholen, und auf dem Weg zum Schloss hielt die kleine Zwergin keine Minute den Mund. Er kannte sie in- und auswendig und wusste, wie eigensinnig sie sein konnte.

«Ich werde es Don Pedro berichten», sagte er.

Noch am selben Tag schickte Doña Rosita einen Arzt zum Pächterhaus von Jacobo.

Der Arzt konnte Maria nicht mehr helfen. Sie starb am frühen Morgen des dritten Tages. Einmal noch hatte sie die Augen aufgemacht, ohne irgendeinen direkt anzuschauen. Sie richtete sich kurz auf und streckte die Hand aus, als wolle sie jemanden begrüßen, dann sank sie in ihre Kissen und schloss die Augen. Das Leben entfloh mit einem Seufzer zwischen den halbgeöffneten Lippen. Ihr Gesicht, das wegen des hohen Fiebers zuerst noch rot gewesen war, wurde nun fast durchsichtig weiß.

Ist das alles?, dachte Dolores. Nur eine Begrüßung und kein Kampf, kein Streit mit dem Tod? Gibt es denn nichts auf dieser Welt, weswegen sie hierbleiben wollte? An diesem Tag beginnt mein Unglück ... Warum ausgerechnet Maria, die der Mutter gleicht wie ein Tropfen Wasser dem anderen? Nie hat sie ein böses Wort gesagt, weder zu mir noch zu den anderen.

Vater Jacobo schaute Dolores mit vor Wut dunklen Augen an.

«Warum nimmt Gott immer diejenigen, die uns am liebsten sind, und lässt die anderen laufen?», sagte er heiser.

Der kalte Blick in Pilars Augen schien dasselbe zu fragen.

Mutter Gabriella schaute sie nicht an. Sie nahm Maria in ihre Arme und heulte wie ein verzweifeltes Tier.

Niemand spricht es aus, aber ich weiß es, dachte Dolores. Ihnen wäre es lieber gewesen, wenn ich statt Maria gestorben wäre.

Dolores blieb im Pächterhaus, bis die Beerdigung vorbei war. Danach ging sie zum Schloss zurück. Diesmal schwieg sie den ganzen langen Weg.

Nach Marias Tod hatte Dolores fast jede Nacht denselben Traum. Sie träumte, dass Freund Hein ihr mit seinen knochigen Fingern über das Gesicht strich. Sie kämpfte mit dem klappernden Knochenmann und wachte schweißgebadet auf, mit dem lähmenden Gefühl, dass nichts wieder so sein würde wie vorher.

Aber der leere Platz am Tisch wurde schon bald von den Kleinen in Beschlag genommen, und ihre wiederholten Fragen nach Maria konnten sie schließlich schon selbst beantworten:

«Wo ist Maria?»

«Maria ist weg und kommt nie wieder.»

«Wo ist sie hin?»

«Maria ist bei Unserem Herrn.»

«Wo ist Unser Herr?»

«Im Himmel.»

Auch nach diesem Winter wurde es wieder Frühling, die einzige Jahreszeit in Biar, in der die Weiden saftig und grün waren. Wie überall auf dieser Welt grasten die Schafe die Gänseblümchen und den Honigklee bis zum Boden ab und ließen die Butterblumen stehen.

In der Rumpelkammer

Im Mai dieses Jahres gab es in Biar große Aufregung. Die Abgesandten des Königs Ferdinand von Aragón und der Königin Isabella würden die kleine Stadt besuchen und eine Woche im Schloss verbringen. Vorbereitungen wurden getroffen: Die Zahl der Bediensteten wurde aus diesem Anlass vervierfacht. Ein Koch aus der Bourgogne wurde angeheuert, der Eber mit Honig lackierte und Gerichte wie Pfau oder gebratene Gans so dekorieren konnte, dass es aussah, als läge eine lebendige Gans oder ein lebendiger Pfau auf der Platte, komplett mit Augen, Schnabel und Federn. Seltsame, absonderliche Meerestiere wurden herbeigeschafft, Tiere, die Dolores noch nie gesehen hatte: Hummer, Krebse, Tintenfische und alle möglichen Schalentiere. Doña Rosita war so beschäftigt, dass sie nicht mehr ein noch aus wusste.

Dolores ließ sich mitreißen von der Woge aus Gerüchen und Farben, die das Schloss durchdrangen. Ihr Kummer um Maria wurde zu einem dumpfen Schmerz, der morgens wie Zahnweh zog, den sie aber vor lauter Geschäftigkeit manchmal für kurze Zeit vergaß. Doch dann wurde sie mitten in diesem fröhlichen Treiben plötzlich ganz still, und ihr Gesicht verzog sich, als müsse sie weinen. Aber sie hielt sich tapfer. Erst abends, wenn sie in ihrem Bett lag, kehrte der Schmerz mit voller Stärke zurück.

Lucinda und Dolores übten für die hohen Gäste ein Musikstück am Cembalo ein. Zuerst würde Lucinda das Stück möglichst perfekt spielen, danach würde Dolores auf ihre Weise dasselbe Stück noch einmal spielen. Dolores neigte dazu, immer wilder zu spielen, bis sie vor Erschöpfung fast von der Bank fiel. Meister Vittorio wurde ausdrücklich gebeten, Dolores nicht zu korrigieren. Der Unterschied zwischen Lucinda und Dolores sollte deutlich sein, sonst würde es keinen Spaß machen. Und mit dem Tanz, den er mit den Mädchen einübte, sollte er es ebenso halten. Dolores tanzte, als Page verkleidet, mit Lucinda. Ihre krummen Beinchen sahen in der gestreiften Strumpfhose lustig aus.

Am Tag bevor die Gesandten kamen, sagte Don Pedro zu Dolores: «Sei bitte nicht anders als sonst. Mach, was dir gerade einfällt, und sag, was du willst. Du darfst dich nicht von all den hohen Herren und Damen beeindrucken lassen.»

«Alle Menschen sind doch gleich, oder?», sagte Dolores. «Wenn wir kacken, müssen wir alle unseren Hintern entblößen.»

«Sehr gut», sagte Don Pedro mit einem Lächeln, «das ist genau das, was ich meine.»

Auf dem quadratischen Turm stand ein Wächter, der den Zugangsweg zum Schloss nicht aus den Augen ließ. Und als die Gesandten des Königs gesichtet wurden, blies er in die Posaune. Alle Schlossbewohner eilten zum Tor, um den hohen Besuch zu begrüßen.

Durch das Tor kamen sieben vornehme Herren auf hochbeinigen Pferden und vier Damen auf Reittieren mit reichverzierten Sätteln und Satteldecken. Sie wurden von Soldaten begleitet, und hinter ihnen folgte eine Schar Bediensteter mit schwerbeladenen Maultieren.

Dolores traute ihren Augen nicht. Doña Rosita und Lucinda hatten schöne Kleider, aber die Gewänder dieser Damen waren unglaublich prächtig. Die Perlen und Edelsteine, die im Sonnenlicht glitzerten, zogen Dolores magisch an. Die Diener halfen ihren hochedlen Damen von den Maultieren. Dolores schlüpfte an Lucinda vorbei zu der Dame, die ihr am nächsten stand. Sie packte einen rotglitzernden Stein mit zwei Fingern und zog daran. Der Stein war mit einem Goldfaden auf das blaue Samtkleid genäht. Der Knöchel der dicken Dame war sichtbar. Ihr Fuß quoll aus einem eleganten kleinen Schuh. Dolores beugte sich vor und schaute unter den Rock der edlen Dame.

«Schau mal, eine Doña mit Schweinefüßchen!», rief sie.

Die Dame riss Dolores den Stoff aus den Händen und starrte die Zwergin wütend an.

«Lass deine schmutzigen Finger von mir», sagte sie in scharfem Ton.

Dolores ließ den Edelstein los, als hätte sie sich an ihm verbrannt. Sie schaute hinauf in die stechenden Augen der Doña und erschrak vor dem hässlichen Gesicht. Ohne nachzudenken, verbeugte sie sich und sagte: «Auch wenn der Affe einen goldenen Ring trägt, bleibt er doch ein hässliches Tier!»

Der Mann, der neben der dicken Dame stand, konnte sich das Lachen nicht verkneifen.

«Was für eine nette Kleine», sagte er.

«Finden Sie?», sagte die dicke Dame griesgrämig.

Doña Rosita legte ihre Hand schützend auf Dolores' Schulter. Don Pedro trat vor und verneigte sich.

«Entschuldigen Sie das Benehmen unserer Närrin, Doña Ana, Don Frederico», sagte er mit einem Kopfnicken zu der Dame und dem Herrn.

«Ein guter Narr tut und sagt, was er will», sagte Don Frederico. «Sie ist amüsant, die Kleine, finden Sie nicht auch, Doña Ana?»

«Wenn Sie es sagen», sagte Doña Ana de Beaumonté mit spitzen Lippen.

Es wurde eine ausgelassene Woche. Nachts sah Dolores noch den Prunk an sich vorbeiziehen. In der Küche hatten sie alle Hände voll zu tun. Verschiedene Köche arbeiteten gleichzeitig, und wenn die Küchenmägde nicht schnell genug waren, gab's einen Klaps mit dem Holzlöffel. Jeden Abend wurde ein üppiges Festmahl serviert. Zur Unterhaltung gab es Musik und Tanz, Sänger traten auf, Musiker, Feuerfresser, Akrobaten und eine Zigeunerin mit einem Tanzbären. Dolores riss Augen und Ohren auf. In dieser einen Woche gab es mehr zu erleben als sonst in einem ganzen Jahr. Dolores machte Musik und tanzte, wenn man sie dazu aufforderte. Manchmal tanzte sie auch, ohne dazu aufgefordert zu sein, wie das eine Mal, als vier schwarze verschleierte Tänzerinnen in seidenen Pluderhosen einen komplizierten Bauchtanz vorführten. Dolores wollte es unbedingt auch versuchen. Sie stellte sich zwischen die Tänzerinnen, bewegte die Hände, verrenkte ihren kleinen Leib zu der betörenden Musik. Don Frederico stand auf und klatschte in die Hände.

«Hoppla! Hoppla! Hoppla!», rief er, um sie anzufeuern.

Der Rest der Gesellschaft folgte seinem Beispiel, alle umringten Dolores. Die Bauchtänzerinnen waren vergessen. Dolores wand und drehte sich, bis ihr so schwindlig war, dass sie sich nicht mehr aufrecht halten konnte. Es sah so lustig aus, dass sogar die griesgrämige Doña Ana lachen musste. Als Dolores erschöpft auf dem Boden lag, hob Don Frederico sie hoch und setzte sie auf den großen Stuhl neben dem seinen. Er ließ drei Kissen unter sie schieben, und Dolores durfte den ganzen Abend neben ihm sitzen.

Dolores beobachtete staunend den feinen Herrn, der mit spitzen Fingern die besten Häppchen auswählte und vor sie auf das Fleischbrett legte.

«Welches ist ihr Lieblingstier?», fragte Dolores.

«Mein Jagdhund Dito», sagte Don Frederico. «Warum?»

«Geben Sie ihm auch Leckerbissen bei Tisch?»

Don Frederico nickte.

«So fühlt es sich also an, Ihr Hund zu sein», sagte sie, als sie mit Appetit die dargebotenen Häppchen aß. «Oder Lucinda, die bekommt auch Leckerbissen am Tisch.»

«Ist Lucinda ein Hund?», fragte Don Frederico.

Dolores zeigte mit einer Hühnerkeule auf Lucinda, die sie düster beobachtete.

«Lucinda ist die Tochter von Don Pedro», sagte Dolores. «Da sitzt sie.»

«Ach ja, natürlich, entschuldigen Sie», sagte Don Frederico mit einem verlegenen Lächeln zu Lucinda.

«Jetzt ist sie böse», sagte Dolores.

«Warum denn?», fragte Don Frederico erstaunt.

«Weil Sie dachten, sie sei ein Hund.»

Lucinda putzte sich den Mund am Tischtuch ab.

«Ich habe so viel gegessen, dass mir schlecht ist», sagte sie. «Darf ich in mein Zimmer gehen, Mutter?»

«Fühlst du dich nicht gut?», sagte Doña Rosita, die das Gespräch zwischen Dolores und Don Frederico nicht mitbekommen hatte. «Dann geh nach oben und nimm Dolores mit.»

«Muss das denn sein?», sagte Don Frederico. «Die Kleine ist noch lange nicht müde.»

Dolores schüttelte heftig den Kopf. «Ich bin überhaupt nicht müde», bestätigte sie.

«Dann bleib noch ein bisschen», sagte Doña Rosita.

Lucinda war blass geworden. So hatte sie es nicht gewollt.

«Darf ich dann auch noch bleiben, Mutter?», fragte sie.

«Wenn dir schlecht ist, solltest du dich lieber ins Bett legen», sagte Doña Rosita. «Du siehst blass aus, Liebes.»

Lucinda stand auf und verbeugte sich vor allen Gästen, aber sie schaute Dolores nicht an. Gemessenen Schrittes ging sie zur Tür.

Die Woche flog vorüber wie ein Wirbelsturm aus Gerüchen und Farben. Als die Gesellschaft abreiste, blieben alle verwirrt zurück. Nach dem Rausch des Festes war

Dolores so müde, dass sie tagelang hätte schlafen können. Alles tat ihr weh, die Arme, der Rücken und die Beine.

Am Sonntag danach wurde sie von Andreo von der Kirche zum Pächterhaus gebracht, weil sie zu müde war, um die Strecke zu Fuß zu gehen. Julia durfte zu ihrem großen Vergnügen zusammen mit Dolores auf Pepitos Rücken sitzen.

⁂

Nach dem Fest kehrte das Leben langsam wieder in seine alten Bahnen zurück. Man räumte auf, man ruhte sich aus. Lucinda war ein paar Tage lang unfreundlich zu Dolores. Ihre Närrin hatte von den noblen Damen und Herren zu viel Aufmerksamkeit bekommen. Die gereizte Atmosphäre im Schloss hielt an, bis eines Tages ein Bote ein wichtig aussehendes Pergament brachte, auf dem das Siegel des Königs Ferdinand von Aragón zu erkennen war. Die Gesellschaft saß gerade zu Tisch, um das Mittagsmahl einzunehmen. Der Bote überreichte Don Pedro den Brief, zusammen mit einer ledernen Geldbörse. Don Pedro wog die Börse in der Hand und öffnete den Brief sofort. Sein Gesicht wurde ernst. Als er das Pergament sinken ließ, schaute er Dolores an.

«Was ist los?», fragte Doña Rosita.

«Ich werde es später mit dir besprechen», sagte Don Pedro, «unter vier Augen.»

Dolores wurde das Gefühl nicht los, dass der Brief etwas mit ihr zu tun hatte. «Es wird etwas mit mir passieren», sagte sie zu Lucinda nach dem Mittagsmahl.

«Was kann denn mit einem Zwerg passieren?», sagte Lucinda mürrisch. «So wichtig bist du nicht. Seit dir diese Wahrsagerin die Zukunft vorhergesagt hat, bist du furchtsam wie ein Wiesel. Der Brief hat wohl eher etwas mit mir zu tun.»

Lucinda dehnte den Rücken und fuhr sich über die glänzenden Haare.

«Vielleicht ist einer der Edelleute auf mich aufmerksam geworden und will mich als Braut für seinen Sohn», sagte sie.

«Don Frederico hat dich nicht mal angeschaut, er hat gedacht, du wärst ein Hund», sagte Dolores neckend. «Außerdem bist du noch zu jung, um zu heiraten.»

«Ich bin schon elf, alt genug, um mich zu verloben», sagte Lucinda.

Am folgenden Tag wurde Dolores persönlich von Doña Rosita zu Don Pedros Bibliothek geführt.

Er saß an seinem Tisch und schrieb mit einer Gänsefeder. Bei ihrem Eintritt hob er den Kopf und legte die Feder zur Seite. Doña Rosita stellte sich neben ihren Ehemann. Don Pedro deutete auf den großen Stuhl vor seinem Tisch und Dolores kletterte hinauf. Die Sitzfläche des Stuhles war so groß, dass ihre Füße kaum über den Rand ragten. Sie konnte nicht mehr mit den Beinen schaukeln, wie sie das sonst immer tat, wenn sie unruhig war. Don Pedro räusperte sich.

«Dolores», sagte er.

«Ja, mein Herr?», sagte Dolores.

«Wie lang bist du nun schon bei uns?»

«Vier Jahre, mein Herr.»

«Vier Jahre», wiederholte Don Pedro. «Mir ist, als wärest du schon immer hier gewesen. Bist du gern bei uns?»

Was soll das?, dachte Dolores. Nach vier Jahren fragt er mich, ob ich gern hier bin? «Warum haben Sie das noch nie zuvor gefragt, mein Herr?», sagte sie bissig.

Don Pedro seufzte. Er nahm ein wichtig aussehendes Pergament mit einem Siegel in die Hand. Dolores wurde plötzlich angst und bange.

«Ich muss doch nicht weg?», fragte sie.

Doña Rosita tupfte sich mit einem Spitzentüchlein die Augen.

«Warum weinen Sie, meine Dame?», fragte Dolores.

«Ob du gern hier bist oder nicht, spielt keine Rolle mehr», sagte Don Pedro ernst. «Dieser Brief ist ein Befehl. Doña Ana de Beaumonté hat offensichtlich angegeben mit deinen Talenten als Närrin, Dolores. Sie hat sogar mit König Ferdinand über dich gesprochen.»

«Die dicke Doña hält mich für eine gute Närrin?», fragte Dolores ungläubig. «Sie kann mich doch nicht leiden.»

«Und doch ist es so», sagte Don Pedro, und in seinem Blick lag so etwas wie ein Vorwurf.

«Sie wollten doch, dass ich mich wie eine echte Närrin benehme», sagte Dolores.

«Es stimmt ja», sagte Don Pedro mit einem Seufzer. «Du hast dein Bestes gegeben.»

Doña Rosita begann leise in ihr Taschentuch zu weinen.

«Hohe Herren fragen nicht, sie befehlen», sagte sie, «das musst du verstehen, Dolores. Dies ist nicht das, was wir für dich geplant hatten. Ich hatte gewollt, dass du immer bei uns bleibst.»

«König Ferdinand möchte dich als Närrin für seine Tochter Johanna haben», sagte Don Pedro. «Das ist eine große Ehre. Er hat eine Börse voller Geld geschickt, um dich deinem Vater abzukaufen.»

«Mein Vater wird mich nie verkaufen!», sagte Dolores.

⁂

Es war der Priester, der die schwierige Aufgabe übernahm, dem Pächter das Verlangen des Königs vorzutragen. Er legte die schwere Geldbörse auf den Tisch. Auf sein Zeichen wurden die Kinder hinausgeschickt.

Als sie die Nachricht hörte, die der hochwürdige Herr überbrachte, schlug Mutter erschrocken die Hand vor den Mund.

«Maria ist tot, Hochwürden», sagte sie mit Tränen in den Augen, «und wenn wir nicht aufpassen, ist auch unsere kleine Dolores verloren. Wir können sie doch nicht verkaufen! Und wenn der König selbst käme.»

Der Priester schaute Jacobo an, der die Augen nicht von der gefüllten Geldbörse nahm.

Was muss ein Mensch alles tun, um seinen weltlichen Herren zu dienen?, dachte der hochwürdige Herr.

Er verabscheute sich selbst, als er die Geldbörse öffnete und die Münzen verführerisch zwischen den Fingern klimpern ließ. Der Silberglanz spiegelte sich in Jacobos Augen.

«Wer hätte gedacht, dass dieses Mädchen noch was wert sein würde», murmelte Jacobo, und zu seiner Frau sagte er: «Was hast du denn, Weib? Dolores wird die Närrin von Prinzessin Johanna, und eine Närrin wird wie ihre Herrin behandelt. Sie wird das Leben einer Prinzessin führen.»

«Du kannst doch nicht dein eigenes Kind verkaufen», jammerte Mutter. «Wir werden sie nie wiedersehen. Für uns könnte sie genauso gut tot sein, wie Maria.»

Vater nahm die Geldbörse aus der Hand des Priesters und zeigte seiner Frau das Silber.

«Schau doch! Das ist genug, um für alle Kinder Schuhe

zu kaufen, neue Saat und sogar eine Kuh ... Mit diesem Geld wären all unsere Probleme gelöst.»

«Weg mit dem Blutgeld! Es reicht uns doch zum Leben. Wir brauchen das Geld nicht. Unser eigenes Kind eine Närrin ... Zur Schau gestellt bei Hof, vor jedermann! Stell dir das doch nur vor.»

«Ich kann mir das sehr gut vorstellen», schrie Jacobo gequält. «Sie taugt doch für nichts anderes!» Und leiser fügte er hinzu: «Wir haben keine Wahl, Weib. Was der König befiehlt, muss der kleine Mann tun.»

Gabriella mochte noch so sehr klagen und jammern, die Entscheidung des Vaters stand fest: Dolores wurde verkauft, für eine Börse voller Silberlinge.

Den Menschen im Schloss fiel der Abschied von Dolores sehr schwer. Doña Rosita packte persönlich ihre Sachen. Sie wickelte einen Topf mit Salbe fest in ein Tuch ein und verstaute ihn in der Satteltasche.

«Du musst deine Knie gut einreiben, wenn du Schmerzen hast», sagte sie, «und nicht zu wild tanzen. Du weißt, dass du danach Probleme kriegen wirst. Und nicht zu schnell essen, denn dann bekommst du Schluckauf.»

Don Pedro ermahnte Dolores, vorsichtig zu sein. Er riet ihr, sich anfangs abwartend zu verhalten. Ein anderes Haus habe andere Gesetze, und vielleicht dürfe sie als Närrin doch nicht einfach alles sagen, was ihr einfiel.

Lucinda konnte nicht glauben, dass Dolores abreisen würde. Sie stampfte auf den Boden und weigerte sich zu essen. Am Tag vor Dolores' Abreise dachte Lucinda sich einen Plan aus. Sie schloss die Zwergin in einer abgelegenen Rumpelkammer ein, wo nie jemand vorbeikam. Den Schlüssel behielt sie bei sich, an einer Kette um den Hals.

«Dolores ist weggelaufen», sagte sie, als die Zwergin nicht zum Essen erschien. «Sie will nicht zu Johanna. Sie will bei mir bleiben.»

Das ganze Schloss wurde abgesucht, aber Dolores war nicht zu finden. Die Tür zur Rumpelkammer konnte nicht geöffnet werden, denn der Schlüssel war verschwunden.

In der Rumpelkammer war es dunkel und staubig. Dolores lag in einem großen Koffer in einem Nest aus alten Kleidern und Decken. Zum ersten Mal in ihrem Leben saß sie still und zusammengekauert da und wollte sich nicht mehr bewegen. Sie weinte nicht, aber ihr Hals tat weh, als hätte ihn jemand mit roher Hand zugedrückt.

Still in einem Koffer zu liegen und zu schweigen ist dasselbe wie tot zu sein, dachte Dolores. Lasst mich hier liegen, ich bin sowieso nichts wert. Mein eigener Vater hat mich verkauft. Hier gehöre ich hin: Wie eine abgedankte Strohpuppe zwischen dem Rumpelzeug ... Wäre ich doch eine Puppe. Eine Puppe fühlt nichts. Und ob ich dann Lucindas Puppe bin oder Johannas, das ist egal.

Abends brachte Lucinda Dolores etwas zum Essen. So hielten sie es drei Tage durch. Die Abreise von Dolores musste verschoben werden.

Am dritten Abend bemerkte die Küchenmagd, wie Lucinda Essen aus der Vorratskammer stahl. Sie folgte dem Mädchen in einiger Entfernung und wagte es nicht, eine Kerze anzuzünden, aus Angst, entdeckt zu werden. Vor der Rumpelkammer holte Lucinda den Schlüssel heraus, den sie unter ihren Kleidern verborgen hatte, und öffnete die Tür.

Es war nicht so schwer, sich vorzustellen, wer sich in der Rumpelkammer aufhielt. Doch was sollte die Küchenmagd tun? Laut schreien? Jeder im Haus mochte die kleine Närrin. Niemand wollte, dass Dolores wegging. Die Kleine brachte Fröhlichkeit und Leben ins Haus.

Die Küchenmagd beschloss, nichts zu sagen. Sie drehte sich leise um ... und stieß einen Schrei aus. Direkt hinter ihr stand die Köchin, der die schleichende Küchenmagd so verdächtig vorgekommen war, dass sie ihr ihrerseits gefolgt war. Aus der Rumpelkammer drang ein Poltern, die Tür wurde mit einem Knall zugeschlagen. Drinnen wurde ein Schlüssel im Schloss umgedreht.

Lucinda und Dolores hielten es mit dem bisschen

Essen und Trinken, das Lucinda mitgebracht hatte, noch zwei weitere Tage in der Rumpelkammer aus. Am Abend des zweiten Tages gaben sie auf und kamen wie geschlagene Pudel zum Vorschein.

Vier Soldaten von König Ferdinand kamen, um Dolores mitzunehmen. Zwei ältere Männer und zwei jüngere. Dolores kannte einen der Jungen. Es war der schielende Carlos. Er erkannte sie und grinste.

«Da schau her», sagte er, «wenn das nicht die Zwergin ist, die Unglück bringt.»

Bevor Dolores abreiste, wurde sie von fast allen hochgehoben und geherzt. Sogar die zarte Lucinda hob sie vom Boden hoch und drückte sie mit aller Kraft, die sie aufbrachte, fest an sich.

Dolores hatte ein dumpfes Gefühl im Kopf. Ihre Augen brannten, aber sie weinte nicht.

Ich bin wie eine Puppe, dachte sie wieder. Eine Puppe, die den Besitzer wechselt.

Die vier Soldaten saßen hoch zu Ross. Der letzte in der Reihe hielt die Zügel ihres kleinen Esels Pepito, der zusammen mit Dolores reisen würde. Pepito ging zum letzten Mal durch das Tor. Einmal noch folgte er dem bekannten Weg zum Pächterhaus. Danach würde auch für ihn der Weg unbekanntes Terrain werden. Andreo streichelte zum letzten Mal die Nase des Esels.

«Sorge gut für Pepito», sagte er heiser, «und sorge gut für dich selbst, kleine Dolores.»

Dolores saß zusammengekauert auf ihrem Esel. Sie schaute sich nicht um, als sie aus dem Tor ritt. Sie brachte es nicht über sich, Lucinda noch einmal anzuschauen. Aber sie hörte sie unaufhörlich rufen: «Dolores! Dolores!»

Und das war noch nicht mal das Schlimmste.

Die Soldaten hatten den Befehl bekommen, noch ein letztes Mal am Pächterhaus von Jacobo und Gabriella vorbeizugehen.

Juanito biss sich auf die Lippen und wusste nicht, was er sagen sollte.

Pilar sagte: «Du bist Dolores de Biar, unsere Schwester. Wirst du das nie vergessen?»

Julia weinte und klammerte sich an Dolores, als wolle sie sie nie mehr loslassen. Dann waren der scheue Paco und die kleine Blume Jasmina an der Reihe.

Sancho wurde böse auf den schielenden Carlos. «Wenn ich höre, dass du meiner Schwester auch nur irgendwas antust ...», drohte er.

Vater Jacobo hielt sich die ganze Zeit im Hintergrund. Kurz vor ihrem Weggehen nahm er Dolores ungeschickt bei der Hand, aber er wagte es nicht, sie anzuschauen. Dolores zog ihre Hand zurück.

Für immer Abschied nehmen von ihrer Mutter. Dolores schrie, als einer der Soldaten sie aus den Armen ihrer Mutter zog. Es war, als seien sie miteinander verwachsen, als würde ihnen das Fleisch von den Knochen gerissen. Abreisen zu müssen, mit dem verzweifelten Aufschrei ihrer Mutter im Ohr: «Meine kleine Dolores!!»

Das war das Schlimmste.

Tomaso

Es folgte eine ermüdende Reise von vierzehn Tagen über die staubigen spanischen Straßen. Dolores verließ zum ersten Mal die Stadt, aber sie achtete nicht auf die ausgedehnten Ebenen und das felsige Bergland, durch das sie ritten. Sie folgten einem Seitenarm des Seguraflusses bis nach Lorca und danach dem Almanzora bis zu den hohen Bergen Tetica und Santa Barbara. Dann folgten sie dem Guadalquivir von der Quelle bis Jaén.

Unterwegs achtete Dolores kaum auf die Bettler und Zigeuner, die sich hastig vor den Soldaten aus dem Staub machten. Sie beschäftigten ganz andere Dinge. Am liebsten saß sie mit geschlossenen Augen auf dem Rücken ihres Esels und ließ sich schaukeln, sie wollte so wenig wie möglich sehen. Manchmal kraulte sie den kleinen Pepito beruhigend hinter den Ohren. Das tat sie, damit er weiterging. Das arme Tier war schließlich ganz verwirrt. Es hatte in seinem Eselleben noch nie so eine lange Reise gemacht. Manchmal blökte Pepito und weigerte sich halsstarrig, auch nur noch einen Schritt zu machen. Dolores redete ihm leise zu. Er durfte nicht stehenbleiben, denn dann schlugen sie das arme Tier mit der Peitsche. Manchmal trafen die Peitschenriemen auch schmerzhaft Dolores' Beine.

Die vier Soldaten und Dolores übernachteten alle gemeinsam in einem verstaubten Zimmer oder auf dem Heuboden einer Herberge. Nachts machte Dolores kein Auge zu. Sie war gerädert von dem täglichen Ritt auf dem Rücken ihres Esels und gebrochen vom Schmerz ihrer erzwungenen Abreise. Aber es waren nicht nur Müdigkeit und Schmerz, die sie wach hielten. Sie musste die ganze Zeit auf der Hut sein, denn die Soldaten jagten ihr Angst ein. Dolores war die raue Sprache und das ungehobelte Benehmen nicht gewöhnt. Vater Jacobo, Juanito und Sancho waren bestimmt keine Engel, auch Andreo, der Stallknecht, nicht. Aber die Sprache der Soldaten war beängstigend. Ihre Worte und Handlungen waren unvorhersehbar. Manchmal waren sie ruhig, und es passierte stundenlang oder auch einen ganzen Tag lang nichts. Dann aber gingen die rohen Belästigungen wieder los.

Es hatte bereits begonnen, als sie gerade die Grenze von Biar überschritten hatten und sich auf einer verlassenen Straße befanden. Der älteste Soldat hielt Pepito am Zügel und schaute sich regelmäßig nach der Zwergin um, die wie ein Häufchen Elend auf dem Rücken ihres Esels hin und her geschaukelt wurde. Dolores traute sich nicht, ihm ins Gesicht zu schauen. Jedes Mal entblößte er seine verfaulten Zähne zu einem gemeinen Grinsen, aber seine Augen lachten nicht mit. Sein Spiel bestand darin, den schielenden Carlos herauszufordern.

«Magst du Schafe, Carlos?», sagte der Soldat, der von den anderen Bonzo genannt wurde.

«Ich mag keine Böcke, aber Mutterschafe schon», sagte Carlos mit einem dreckigen Grinsen, «vor allem, wenn sie mir ihren Hintern zudrehen.»

Bonzo deutete mit seinem Daumen auf Dolores.

«Schau mal, was wir hier für ein Schäfchen haben. Schau dir mal das weiche und flachsfarbene Haar an. Es ist fast noch ein Lämmchen.»

«Ich sehe es, Bonzo», sagte der schielende Carlos, «das ist ein saftiges Fleisch. Allerdings hat das Tierchen kurze Pfötchen. Du hättest ihre Schwester Pilar sehen sollen. Die ist wirklich ein Zuckerschlecken.»

«Ein Zuckerschlecken?», sagte Bonzo. «Hast du schon mal dieses Zuckerstückchen probieren dürfen?»

Dolores erstarrte. Die Empörung machte sie mutig. Sie erhob sich im Sattel und sagte mit einer möglichst tiefen Stimme: «Hört auf, meine Schwester zu beleidigen.»

«Hör, hör, das Schäfchen blökt», sagte Bonzo.

«Mäh! Määäh!», machte Carlos.

«Deine Schwester dürfen wir nicht beleidigen, aber dich schon, nicht wahr? Du liebst das, oder?», sagte Bonzo.

«Was willst du, als Krüppel darfst du nicht wählerisch sein», sagte Carlos.

Er blieb ein bisschen zurück, bis er auf der Höhe von Dolores' Esel war. Dolores zog an den Zügeln und ließ Pepito bocken. Das Tier sprang mit einem Satz zur Seite.

«Ho, ho, nicht so wild», rief Bonzo, der mit Mühe die Zügel halten konnte. «Hetz das Schaf nicht so. Nachher in der Herberge kannst du sie haben. Magst du denn überhaupt Schafe, die sich sträuben, mein Junge?»

«Je mehr sie sich sträuben, umso besser», sagte Carlos, der näher zu Dolores hin ritt und mit seiner Lanze ihren Rock hochhob.

«Dieses Exemplar hat saftige Keulen», sagte er.

Der zweite, junge Soldat tauchte neben dem schielenden Carlos auf.

«Hör auf damit», sagte er.

«Schau an, unser Tomaso», sagte Bonzo. «Das war auch nicht anders zu erwarten, er ist die sanfteste Seele im ganzen Heer von Aragón. Ein Ritter des alten Schlags. Verstehst du keine Witze, Hosenscheißer?»

Der junge Soldat scherte sich nicht um Bonzos verletzende Worte. Er beugte sich von seinem hohen Pferd zu Dolores hinunter. Dolores saß immer noch zusammengekauert auf ihrem Esel und wagte nicht, den Blick zu heben.

«Vor mir brauchst du keine Angst zu haben, Kleine», sagte Tomaso beruhigend.

«Pass auf, mein Lämmchen», sagte Bonzo, «dieser Kerl ist viel gefährlicher als Carlos. Er schafft es mit seinen süßen Worten unter deine Röcke.»

Carlos lachte gackernd. Er fiel fast vom Pferd vor Lachen.

«Der ist gut, Mann», sagte er.

Jetzt mischte sich der vierte Mann in das Gespräch.

«Schluss jetzt, ihr Nichtsnutze!», sagte er barsch. «Niemand steckt hier seine Hände unter irgendwelche Röcke. Die Kleine ist ein Gepäckstück, das wir persönlich am Hof von König Ferdinand abliefern müssen. Wir haben dafür zu sorgen, dass es unbeschädigt ankommt.»

«Wir machen doch nur Spaß, Alfonso», sagte Bonzo. «Du weißt doch, dass Carlos ein braver Junge ist, nicht wahr? Wenn er kann, steht er in der Kirche ganz vorn, und er kniet sich so tief hin, dass er mit der Nase den Boden berührt. Das tut er zwar, um den Nonnen unter die Ordensröcke zu lugen, aber komm, er gibt sich doch Mühe.»

«Sehr lustig, Bonzo», sagte Alfonso mürrisch. «Los, Tomaso. Du nimmst ab jetzt die Zügel des Esels und sorgst dafür, dass der Zwergin nichts passiert.» Und zu den beiden anderen sagte er: «Und ihr benehmt euch gefälligst, ihr Rotzbuben.»

Ab diesem Moment wurde Dolores mehr oder weniger von Tomaso beschützt. Wenn er sich nach ihr umdrehte, wagte sie es, ihn anzuschauen. Er war etwas älter als ihr Bruder Juanito und hatte eine Narbe über dem rechten Auge, aber ansonsten war seine Haut tadellos. Er hatte kaum Bartwuchs, fröhliche Augen und Grübchen, wenn er lachte. Tomaso scherzte auch gern, aber nicht auf Kosten anderer.

Nachts lag er neben dem Bett von Dolores.

Dolores starrte mit offenen Augen in die Dunkelheit. Sie hörte Bonzo röcheln und schnarchen. Carlos war unruhig und redete im Schlaf. Alfonso furzte. Sie stanken alle. Von Tomaso hörte sie nichts, obwohl er ihr am nächsten war.

Warum geht ein Junge wie Tomaso zur Armee?, überlegte sie.

In der zweiten Nacht, als Dolores hörte, dass Carlos, Bonzo und Alfonso schliefen, traute sie sich, mit ihm zu sprechen.

«Tomaso, schläfst du schon?», fragte sie.

«Ich warte, bis du schläfst», sagte Tomaso.

«Ich kann nicht schlafen», sagte Dolores.

«Dann schlafe ich auch nicht.»

«Warum bist du zur Armee gegangen?»

«Weil meine Eltern gestorben sind», sagte Tomaso.

«Was ist passiert?»

«Flecktyphus», sagte Tomaso.

«Lange her?»

«Zwei Jahre.»

«Hast du noch Geschwister?»

«Zwei ältere Schwestern, aber die sind verheiratet.»

«Vermisst du sie?»

«Jeden Abend, wenn ich einschlafe, und jeden Morgen, wenn ich aufwache.»

«Geht es nicht vorbei?»

«Nicht wenn du gute Schwestern hast, so wie ich.»

«Ich werde meine Mutter immer vermissen», sagte Dolores.

«Und deinen Vater?»

«Der hat mich verkauft», sagte sie mit zitternder Stimme.

Dolores fühlte eine Hand auf ihrem Kopf und erstarrte. Aber die Hand streichelte nur sanft über ihre Haare.

«Kleine Dolores», sagte Tomaso.

Eines Tages tat Bonzo, als mache er sich Sorgen wegen Dolores. Sie hatten bei einer Herberge angehalten, um dort zu übernachten.

«Du Ärmste, du bist ja todmüde», sagte er scheinheilig. «Komm, ich trage dich hinein.»

Dolores fuhr erschrocken zurück, aber Bonzo packte

sie mit seinen groben Händen und hob sie von Pepitos Rücken. Der Soldat betrachtete ihr verängstigtes Gesicht und wiegte sie wie ein Baby. Plötzlich streckte er seine schmutzige Zunge heraus, riss die Augen gefährlich weit auf und blökte: «Määäh!»

Dolores lag starr vor Schreck in seinen Armen. Bonzos grobes Gesicht war ganz nah über ihrem. Sein stinkender Atem drang ihr in die Nase. Statt Dolores hineinzutragen, warf er die Zwergin ein paarmal in die Luft und dann hinüber zu Carlos. Carlos warf sie mit Schwung zurück, und so flog sie, laut schreiend, zweimal hin und her, bevor Tomaso und Alfonso eingreifen konnten.

Manchmal veranstalteten Carlos und Bonzo einen Wettstreit: Wer konnte am weitesten spucken, und immer in die Richtung von Dolores. Ansonsten bestanden die Belästigungen der beiden aus scheinbar unschuldigen Bemerkungen. Sie kommentierten alle Frauen, an denen sie vorüberkamen, und erzählten, was sie mit ihnen anstellen würden, wenn sie die Gelegenheit dazu bekommen würden.

Dolores wusste genug vom Leben, aber von der kranken Phantasie und den rohen Bemerkungen wurde ihr übel.

Carlos und Bonzo ließen sich von Tomaso nicht den Mund verbieten. Wenn er etwas sagte, begannen sie, ihn zu beschimpfen.

«Ach, du Weichling, du Hosenscheißer!», sagten sie. «Du bist doch kein Mann, du bist das Schoßhündchen einer verkrüppelten Zwergin!»

Und wenn sie unterwegs Schafe sahen, begannen sie laut zu blöken.

«Schau mal, Dolores, Schafe!», sagte Bonzo.

«Lämmchen, Lämmchen», sagte Carlos, «ich hätte gern zwei davon.»

Erst wenn Alfonso sich einmischte, hörten sie auf.

Tomaso blieb zum Glück ständig in ihrer Nähe. Nachts wachte er an ihrem Bett, und wenn die anderen Soldaten schliefen, unterhielten sie sich leise miteinander. Dolores erzählte von ihrem Leben im Pächterhaus und von ihrer Zeit im Schloss von Biar. Sie erzählte von Juanito und Sancho, von Pilar und Julia und von der lieben Maria, die vor gerade mal fünf Monaten gestorben war.

Tomaso schienen ihre Geschichten zu gefallen.

«Erzähl doch nochmal, wie Juanito den schielenden Carlos in die Mangel nahm», sagte er. «Erzähl mal was von Sancho.» Und: «Wie sieht diese Lucinda aus?»

Dolores sprach nicht über ihren Vater. Wenn sie daran dachte, dass er sie für eine Börse mit Silberstücken verkauft hatte, bekam sie einen bitteren Geschmack im Mund. Sie dachte lieber an die schönen Dinge und machte aus ihren Kinderjahren in Biar eine Geschichte, die in rosafarbenen Glanz getaucht war. Je mehr sie Tomaso erzählte, umso klarer wurde ihr, dass ihr Leben in Biar wie ein Buch war, ein Buch, geschrieben in der Vergangenheit. Ein Buch, das sie, wann immer sie wollte, wieder lesen und verschönern konnte.

Tomaso seinerseits schien sich an ihren Geschichten zu erwärmen.

«Wie dick ist dieser Priester?», fragte er. Und: «Ist Pilar wirklich so schön, wie Carlos sagt?»

Wenn Tomaso endlich schlief, starrte Dolores noch in die Dunkelheit.

Meine Zukunft sieht traurig aus, dachte sie. Ich habe nichts mit all den Menschen zu tun, die auf Gottes Wegen wandern. Die meisten sind so roh. Und dabei habe ich meinen Vater für ein Ungeheuer gehalten. Wie hässlich die Menschen doch sind ...

Eine Wolke hatte sich am Mond vorbeigeschoben, und durch das kleine Dachfenster fiel das Mondlicht herein, direkt auf Tomasos Gesicht. Dolores betrachtete ihn.

Dennoch gibt es auch Menschen wie Tomaso, dachte sie. Er ist gutgelaunt, selbst wenn er kaum Grund dazu hat. Ich habe es gesehen: Er hat dafür ein Mittel. Er hält die Augen offen und sieht alles: einen Storch, der versucht, auf der Kirchturmspitze sitzen zu bleiben, einen Stieglitz auf einer blauen Distel, ein Mädchen, das Angst vor den Soldaten hat, aber lacht, wenn Tomaso ihr nachpfeift, eine Mohnblume am Wegrand. Er sieht ein Lämmchen und denkt: Was für ein süßes Lämmchen ...

Ich muss versuchen, so wie er zu sein, dachte Dolores. Ich muss mich an die schönen Dinge um mich herum halten, auch wenn sie manchmal schwer zu entdecken sind. Sonst überlebe ich das alles nicht.

Am nächsten Tag versuchte Dolores es. Sie ließ ihre Angst und ihren Schmerz los und hielt die Augen offen. Und tatsächlich, wenn sie die Welt unbefangen betrachtete, sah sie auch die schönen Dinge: Einen Falken, der in der Luft schwebte. Eine Frau, die mit der Hand die Augen ihres Säuglings vor der blendenden Mittagssonne schützte. Den Fluss, der in diesem Frühjahr ungestüm vorwärtsströmte. Die wohlriechenden Blüten der Orangenbäume. Die Trompetenblüten der blauen Winden, die an den Steinmauern und Hecken hochkletterten.

Dolores und Tomaso fingen an, sich unterwegs gegenseitig auf schöne und lustige Dinge aufmerksam zu machen. Die liebenswürdigen Gespräche der beiden machte Carlos eifersüchtig. Er konnte es nicht lassen, Tomaso zu necken und Dolores zu beschimpfen. Aber aus irgendeinem Grund schien das den beiden nichts mehr auszumachen.

Als sie endlich in Jaén am Schloss auf dem Berg Santa Catalina ankamen und Dolores wie ein schmutziges Päckchen beim Wärter abgeliefert wurde, krallte sie sich verzweifelt an Tomasos Beine. Der hob sie hoch und nahm sie fest in seine Arme.

«Der junge Soldat und die Zwergin», sagte Bonzo grinsend, «was für eine herzzerreißende Liebesgeschichte.»

Tomaso hielt Dolores im Arm, und sie legte die Hände um seinen Hals und drückte ihre Wange an seine.

«Ich werde dich nie wiedersehen», sagte sie.

«Sollte ich je nach Biar kommen, werde ich deine Mutter besuchen», versprach Tomaso, bevor er die widerspenstige Dolores wieder auf den Boden stellte. «Ich werde ihr erzählen, was für eine tapfere Tochter sie hat.»

Das Schloss auf dem Berg Santa Catalina war, wie das Schloss von Biar, eine Festung mit quadratischen Türmen und Mauern, die gegen die Außenwelt fensterlos waren. Wie das in Biar war auch dieses ein Schloss, das die Spanier von den Mauren erobert hatten. Auf dem höchsten Turm wehten die Fahnen von König Ferdinand von Aragón und von Königin Isabella von Kastilien als Zeichen dafür, dass das Königspaar im Schloss anwesend war.

Am Tor weigerte sich Dolores, mit der Frau zu gehen, die sie abholen sollte. Sie befreite sich aus ihrer Hand und lief Tomaso und den anderen Soldaten hinterher.

Carlos und Bonzo lachten sie aus. Alfonso schaute sich nicht um, und Tomaso rief, sie solle zurückgehen.

Dolores lief den Pferden wie ein zahmer Straßenköter hinterher, bis die Frau sie einholte und zum Schlosstor schleifte. Die kleine Zwergin widersetzte sich und schaute sich ständig um. Sie folgte den vier Soldaten mit den Augen. Die vier ritten kurvenreiche Straße den Hang hinunter und dann weiter, bis sie nur noch kleine Pünktchen in der weiten, leicht hügeligen Landschaft waren. So weit man sehen konnte, war die Hochebene mit silbergrünen Olivenbäumen bepflanzt – bis über den blauen Streifen des Guadalquivir-Flusses hinaus, bis zum Horizont.

Meryem

Die Frau führte Dolores an der Hand hinein, während der Wächter den erschöpften Esel in den Stall brachte. Hinter dem Tor sah Dolores, dass auch hier die Fenster auf Galerien und Innenhöfe hinausgingen, die im maurischen Stil bepflanzt waren.

Die mürrische Frau zerrte Dolores hinter sich durch Zimmer und über Treppen, bis sie in eine große Küche gelangten. Dort wurde sie auf einen Stuhl mit drei Kissen gesetzt, und die Köchin stellte ihr etwas zu essen hin.

Dolores weinte und brachte nichts hinunter.

«Die Kleine ist zu durcheinander, um essen zu können», sagte die Köchin. «Ich habe noch nie so viele Tränen gesehen. Steck sie doch erst mal in die Badewanne, Carmela, dann wird sie vielleicht etwas ruhiger.»

«Ich weiß nicht, ob das überhaupt gelingt», sagte die mürrische Frau. «Sie ist so widerspenstig wie ein Geißbock.»

Carmela brachte die widerstrebende Dolores in einen Raum, in dem eine große Badewanne stand, halb gefüllt mit dampfendem Wasser.

Dolores war völlig erschöpft. Sie hatte gerade noch genug Kraft, die Hand aus Carmelas Griff zu lösen. Sie kauerte sich in einer Ecke auf den Boden und schlug die Hände vors Gesicht, um nichts mehr sehen zu müssen.

«Meryem und Djauhara, schrubbt diese Kleine sauber, bis sie blitzblank ist», sagte Carmela. «Ich schaue inzwischen nach, ob sie noch etwas anderes dabei hat als diese dreckigen Kleidungsstücke, die sie jetzt trägt. Und Meryem, ich wäre dir dankbar, wenn du sie dazu bringen würdest, dass sie aufhört zu weinen.»

«Ja, Frau Carmela», sagte eine sanfte Stimme.

Carmela verließ das Zimmer. Dolores hörte Gepolter. Sie hielt die Augen fest zugepresst und saß mäuschenstill da. Plötzlich spürte sie eine Hand auf ihrer Schulter. Dolores versuchte, in diese Hand zu beißen.

«Pass auf», sagte eine tiefe Stimme, «sie ist zwar klein, aber wild.»

«Lass mich nur machen», sagte die sanfte Stimme.

«Bist du sicher, Meryem?», erklang wieder diese tiefe Stimme. «Pass gut auf, vielleicht hat sie Tollwut.»

Etwas im Klang dieser Stimmen war so anders, dass Dolores trotz allem neugierig wurde und zwischen ihren Fingern hindurch nach oben spähte.

Sie sah zwei Mädchen mit mandelförmigen Augen.

Die eine war sehr dunkel, die andere hatte eine cremefarbene, hellere Haut. Das helle Mädchen war in orangefarbene, mit Gold bestickte Seide gekleidet, das dunkle in Rot und Violett. Beide trugen Pluderhosen unter ihrer langen Tunika. Noch nie hatte Dolores Zofen gesehen, die so reich und fremdartig gekleidet waren.

Das Mädchen mit der helleren Haut lächelte und streckte Dolores vorsichtig ihre Hand entgegen.

«Was für schöne Haare du hast», sagte sie. «Sie haben die Farbe von reifen Kornähren. Erlaubst du, dass ich dich nachher kämme?»

«Pass auf», warnte das dunkle Mädchen.

Dolores schaute zu der Hand, die sich ihr näherte. Dann wanderte ihr Blick zu den schönen Augen des fremden Mädchens und zu den lockigen Haaren, die halb unter einem Schleier verborgen waren. Etwas in ihrem Benehmen erinnerte sie an Lucinda. Dolores seufzte tief und zitternd.

«Wie erschöpft du bist», sagte das Mädchen, während sie vor Dolores in die Hocke ging und ihr vorsichtig über die Haare streichelte.

Dolores begann wieder leise zu weinen.

«Sch-sch-sch», sagte das schöne Mädchen, «sei still, ich weiß genau, wie dir zumute ist. Es ist schrecklich, wenn man aus seiner Umgebung gerissen wird und genau weiß, dass man nie wieder zurück kann. Wenn man seine Lieben zurücklassen muss ...»

Die Augen des Mädchens wurden ebenfalls feucht.

«Hast du auch deine Mutter zurücklassen müssen?», fragte Dolores heiser.

Das Mädchen nickte.

«Wo kommst du her?», sagte Dolores.

«Aus einem Land, wo die Wüste orangefarben und golden ist, so wie mein Kleid», sagte das Mädchen.

«Ich habe Bilder von der Wüste gesehen. Wie sieht sie in Wirklichkeit aus?»

«Es ist eine unendliche Fläche aus Sand und Steinen», sagte das Mädchen.

«Keine Bäume?», fragte Dolores.

«Palmen, Granatäpfelbäume und Feigenbäume in den Oasen.»

«Was sind Oasen?»

«Fruchtbare Stellen an einer Quelle oder einem Fluss.»

«Gibt es auch Tiere?»

«Esel, Schafe, Hühner, Ziegen und Kamele.»

«Kamele? Die habe ich unterwegs gesehen», sagte Dolores. «Das sind Tiere mit zwei Höckern am Rücken. Bist du schon mal auf einem geritten?»

«Mehr als einmal.»

Beim Sprechen hatte Meryem Dolores an der Hand genommen und ihr beim Aufstehen geholfen.

«Du hast doch bestimmt Schmerzen in den Knien», sagte sie.

«Und meine Pobacken», stöhnte Dolores. «Ich bin vierzehn Tage lang auf einem Esel geritten.»

«Warst du so lange unterwegs?»

Dolores nickte. «Und dann noch diese schrecklichen Soldaten», sagte sie.

Meryem erschrak.

«Sie haben dir doch nichts angetan?», sagte sie plötzlich hart.

«Einen gab es, der mich beschützt hat», sagte Dolores mit strahlendem Gesicht. «Er heißt Tomaso.»

«Dann hast du aber Glück gehabt, kleiner Sandfloh», sagte das Mädchen.

Meryem zog Dolores bis aufs Hemd aus. Danach wurde sie von den beiden Mädchen in die Badewanne gehoben. Djauhara begann zu kichern, als sie Dolores' gedrungenen Körper deutlich durch das Hemd sehen konnte.

«Was für ein komischer Körper», sagte sie. «Sie sieht aus wie ein sechsjähriges Kind.»

Dolores schlug wütend mit der Hand auf das Wasser. Sofort waren Djauharas Kleider durchweicht. Diese schnappte erstaunt nach Luft, doch bevor sie sich von ihrem Schrecken erholt hatte, erwischte sie einen zweiten Schwung Wasser im Gesicht.

«Ich bin fast zwölf», maulte Dolores, «und dass ich so aussehe, bedeutet nicht, dass du mich wie ein kleines

Kind behandeln kannst, verstanden? Du hast vielleicht ein schönes Gesicht, aber du bist eine Hexe.»

Djauhara nahm einen Waschlappen und rieb ihn zornig mit einem Stück Seife ein. «Ich werde dir dein schmutziges Gesicht waschen», sagte sie drohend.

«Hör auf!», sagte Meryem. «Die Kleine ist durcheinander, Djauhara. Lass sie in Ruhe. Wir sollten sie beruhigen. Wenn du so weitermachst ...»

Sie drückte einen Schwamm mit duftendem warmem Wasser über Kopf und Rücken von Dolores aus.

«Ruhig, kleiner Sandfloh», sagte sie, «ganz ruhig ...»

Dolores fühlte, wie ihre Wut mit dem Wasser von ihr abfloss, und blieb still sitzen.

Carmela brachte die Satteltaschen in das Zimmer und war zufrieden mit dem, was sie sah. «Sehr gut, Meryem», sagte sie leise. «Du bist ein Wunder. Ich dachte, es würde dir nie gelingen.»

Dolores wurde gewaschen, abgetrocknet und von Meryem und Djauhara für die Nacht angekleidet. Meryem rieb ihre Knie mit der duftenden Salbe ein, die Doña Rosita ihr mitgegeben hatte.

«Das ist eine ausgezeichnete Salbe, die du da bei dir hast, Sandflöhchen», sagte sie. «Man hat gut für dich gesorgt.»

Dolores nickte.

«Wie heißt du eigentlich?»

«Dolores.»

«Mein Name ist Meryem», sagte das schöne Mädchen, «und ich werde auch gut für dich sorgen.» Sie kämmte Dolores' blonde Haare.

«Du wirst wie meine kleine Schwester sein, die ich in El Hamma zurücklassen musste», sagte sie.

Unter den sorgsamen Händen von Meryem schlief Dolores wie von selbst ein. Djauhara bewegte sich wie ein dunkler Schatten im Hintergrund. Dolores wurde von den beiden Mädchen in ein Bett getragen.

In der Nacht träumte Dolores, sie sei eine maurische Prinzessin. Sie ritt in der Wüste auf einem Kamel, und beim Kamelreiten tat ihr der Hintern genauso weh wie beim Reiten auf dem Esel.

Das Sonnenlicht, das durch die Vorhänge auf ihr Gesicht fiel, weckte Dolores.

Ich habe von zwei maurischen Prinzessinnen geträumt, die mich in eine Badewanne steckten und mich danach ankleideten, dachte sie. Und davon, dass ich auf einem Kamel in der Wüste ritt ...

Meryem kam herein, eine Schüssel voller Brei in den Händen.

Ich habe nicht geträumt, wurde Dolores klar, es war alles Wirklichkeit ... Nur das mit dem Kamel nicht.

Meryem öffnete die Vorhänge, und Dolores sah, dass sie in einem winzigen Zimmer lag, auf einem kleinen Bett mit weichen Laken.

Kein Wunder, dass ich so wunderbar geschlafen habe, dachte sie.

Meryem schüttelte die Kissen, Dolores setzte sich auf und lehnte sich dagegen. Meryem brachte ihr die Schüssel ans Bett und hob einladend einen Holzlöffel hoch.

«Du wirst mich doch nicht füttern?», sagte Dolores.

«Warum sollte ich, du kannst doch selbst essen, oder?», sagte Meryem.

Während sie von dem köstlichen Brei aß, schaute Dolores Meryem mit neugierigen Augen an. «Bist du eine maurische Prinzessin?», fragte sie.

«Ganz und gar nicht», sagte Meryem lachend. «Ich bin Prinzessin Johannas Zofe.»

«Du siehst in den schönen Kleidern selbst wie eine Prinzessin aus», sagte Dolores.

«Königin Isabella mag das Wort Sklavin nicht», sagte Meryem ernst, «aber eigentlich bin ich das. Meine Angehörigen sind Imazighen.»

«Was sind Imazighen?»

«Die Araber nennen unser Volk «Berber», was eigentlich heißt, dass wir Barbaren sind», sagte Meryem.

«Du siehst doch nicht wie eine Barbarin aus», sagte Dolores.

«Das bin ich auch nicht», sagte Meryem. «Ich bin bei

den warmen Salzquellen von El Hamma geboren. Vor zwei Jahren wurde unser Stamm von den Arabern überfallen. Alle heiratsfähigen Frauen wurden mitgenommen. Ich war dreizehn. Ich wurde am Sklavenmarkt verkauft und dann hierher gebracht.»

«Wie furchtbar», sagte Dolores. «Du bist also eine richtige Sklavin?»

«Pass auf, dass Königin Isabella das nicht hört. Sie nennt uns die maurischen Zofen. Aber ich bin nicht maurisch und Djauhara auch nicht.»

«Hast du immer diese Kleider getragen, die du jetzt trägst?»

Ein dunkler Schatten huschte über Meryems Gesicht. «Nein», sagte sie erbittert, «die Kleider, die ich jetzt trage, hat Königin Isabella machen lassen. Sie sind so, wie sie sich eine maurische Zofe vorstellt. Ich fühle mich fast nackt in diesen Kleidern. Manchmal werden wir auch gezwungen, für die Gäste zu tanzen, wie Harem-Mädchen.»

«Was ist ein Harem-Mädchen?»

«Du stellst aber viele Fragen!», sagte Meryem und lachte plötzlich wieder. «Hast du gut geschlafen?»

«Wie ein Stein.»

Meryem roch an Dolores' Haaren.

«Hmm», sagte sie, «wie gut du riechst. Du hast geschlafen wie eine weiße Rose, kleiner Sandfloh.»

Dolores stand erst gegen Mittag auf, nachdem Carmela erzählt hatte, dass sie noch drei Tage Zeit hatte, um sich von der erschöpfenden Reise auszuruhen. Danach würde sie Prinzessin Johanna offiziell vorgestellt werden. Tagsüber, wenn die Prinzessin sie nicht brauchte, würde sie im Zimmer der Zofen bleiben. Vorläufig würde sie dort auch die Mahlzeiten zu sich nehmen, bis Johanna entschieden hatte, wo sie ab dann essen würde.

Als Dolores aus ihrem Zimmer kam, schien es, als ob sie durch die Tür in eine wunderliche Welt geraten war. Das Zimmer der fünf maurischen Zofen war üppig mit Wandteppichen behangen, weil sich Prinzessin Johanna manchmal gern eine Weile bei ihnen aufhielt. Dolores tauchte in eine betörende Atmosphäre ein, die nach Jasmin und Wüstenlilien duftete. Die drei Mädchen, denen sie noch nicht begegnet war, hatten Namen, die nach einem Windhauch klangen: Aischa, Daleila und Soraya. Als sie Dolores zum ersten Mal sahen, stellten sie sich um sie herum und begannen, wild durcheinanderzureden. Sechs Hände kniffen ihr in die Wangen, sechs Hände zupften an ihren Kleidern und strichen über ihre blonden Haare. Sie bewegten erstaunt ihre Arme, als wäre sie eine Puppe, und hoben sie abwechselnd vom Boden hoch.

«Wie klein sie ist», sagte die eine.

«Und drollig», sagte die nächste. «Sie ist noch kleiner, als ich es mir vorgestellt hatte.»

«Und so blond», sagte die dritte.

Die Mädchen waren alle vier gleich dunkel und schön, und sie waren sofort von Dolores' flachsblonden Haaren verzaubert. In fröhlichem Ton stritten sie sich, wer sie als Erste kämmen dürfe. Die Stimmen der Mädchen klangen wie das Gurren von Tauben. Die spanischen Wörter kamen sanft kratzend aus ihren Kehlen heraus, als wären ihnen Wüstensand im Hals steckengeblieben.

«Lasst sie doch», sagte Meryem. «Ihr erstickt sie noch mit eurem aufgeregten Getue.»

«Weil du sie als Erste gewaschen hast, bist du noch lange nicht Herrin über die Zwergin», sagte Soraya eingeschnappt.

«Du darfst sie nicht so nennen», sagte Meryem. «Ihr Name ist Dolores.»

Um Streit zu vermeiden, durften sie Dolores abwechselnd kämmen: Meryem und Aischa morgens und Daleila und Soraya abends. Dolores hatte das Gefühl, als schwirre nicht eine Lucinda um sie herum, sondern gleich vier.

Nur Djauhara wollte nicht mitmachen. Mit ihren schrägen Augen, ihrem Krauskopf und ihrer dunklen Haut war sie schon äußerlich anders als die anderen. Wenn die vier Mädchen durcheinanderredeten und lachten, blieb Djauhara abseits.

Die fünf maurischen Zofen waren nicht den ganzen Tag in ihrem Zimmer. Sie wurden regelmäßig gerufen, um ihre Aufgaben zu erfüllen. Manchmal getrennt, dann wieder zu zweit oder alle gleichzeitig. Dolores fing Kommentare auf, die sie über das zum Benehmen von Königin Isabella oder zum Verhalten von Prinzessin Johanna und ihren Geschwistern von sich gaben. Kommentare, die sie keineswegs beruhigten. Königin Isabella war offensichtlich sehr streng, und Prinzessin Johanna stand im Ruf, launisch zu sein. Das eine Mal war sie sanft, nachgiebig und scherzte sogar mit den Mädchen, das nächste Mal schien sie diese schwachen Momente zu bedauern und war streng und unzugänglich.

Jeden Morgen gingen die fünf maurischen Zofen gemeinsam in die Messe in der Schlosskapelle. Dolores durfte noch nicht mit. Sie wurde wie eine Überraschung geheim gehalten.

Das Verhalten der fünf Mädchen verwirrte Dolores. Sie kamen alle fünf aus dem dunklen Kontinent, waren aber untereinander sehr verschieden. Bis dahin hatte Dolores gemeint, alle Mauren seien gleich, aber das war nicht so. Aischa, Daleila und Soraya fühlten sich als etwas Besseres als Meryem, weil sie richtige Arabermädchen waren. Meryem sprach eine andere Sprache. Sie nannten sie schmähend «die Berberin». Und Djauhara war wieder anders. Sie kam aus dem tiefen Afrika. Zu welchem Stamm sie gehörte, welche Sprache sie sprach oder welcher Religion sie früher einmal angehört hatte, war auch den anderen Mädchen nicht klar.

Während der Tage, die sie im Zimmer der maurischen Zofen verbrachte, sah Dolores, wie die Mädchen manchmal heimlich einen kleinen Teppich ausrollten, den sie unter irgendeiner Kleiderkiste aufbewahrten. Sie breiteten diesen Teppich auf dem Boden aus und knieten sich darauf, mit dem Gesicht nach Osten. Sie beugten sich vor und murmelten mit tiefen kehligen Klängen Worte in einer unverständlichen Sprache.

«Was tust du?», fragte Dolores eines Tages neugierig, als sie sah, dass Daleila auf dem Teppich beschäftigt war.

Das Mädchen sprang auf, als wäre es von einer Biene gestochen. Aischa, Soraya, Meryem und Djauhara umringten Dolores sofort. Dolores fühlte sich eingeschlossen von fünf gelenkigen Körpern und fünf Gesichtern, die drohend auf sie herunterschauten.

Djauharas Haut wurde noch dunkler, als sie schon war, ihre Augen blitzten. Sie nahm Dolores am Kragen und hob sie fast vom Boden hoch.

«Kein Wort darüber zu Königin Isabella, zu Prinzessin Johanna oder zu wem auch immer», zischte sie mit heiserer Stimme. «Hast du das verstanden?»

«Seid ihr keine Christen?», piepste Dolores.

Dolores spürte, wie Djauhara anfing, sie wie einen alten Lappen zu schütteln.

«Lass sie los», sagte Meryem. «Es ist besser, wenn wir es ihr erklären.»

Meryem nahm Dolores an den Händen und kniete sich vor sie hin, sodass sie ihr in die Augen schauen konnte. «Das hier ist wirklich sehr wichtig, Sandfloh. Du darfst nie jemandem erzählen, was du hier siehst! Sonst sind wir so tot wie die Stare, die von den warmen Salzwasserquellen in El Hamma trinken wollen.»

«Natürlich sind wir Christen», sagte Daleila. «Wir sind doch getauft, oder?»

«Du denkst doch nicht, dass Königin Isabella einen Anhänger des Islam innerhalb der Mauern ihres Schlosses zulassen würde», sagte Aischa.

«Wir gehen jeden Tag zur Messe», sagte Aischa.

«Königin Isabella hat uns gezwungen, uns zum Christentum bekehren zu lassen», sagte Meryem ernst. «Verstehst du das, Dolores? Wenn sie merkt, dass wir immer noch zu Allah beten ...»

«... dann ist es mit uns vorbei», piepste Soraya ängstlich.

«Was passiert dann?», fragte Dolores.

Djauhara machte mit der Hand eine Geste, als schnitte sie sich die Kehle durch.

«Tot», sagte sie drohend. «Und das bist du auch, wenn du jemals etwas hiervon erzählst ... Ich habe irgendwo ein Fläschchen mit einer farblosen, geschmacklosen Flüssigkeit. Wenn ich das in dein Essen mische, stirbst du unter schrecklichen Schmerzen.»

Dolores sah in die fünf Gesichter um sie herum. Soraya, Aischa, Daleila und Meryem schauten ängstlich von Djauhara zu Dolores. Sie schwiegen alle, als wollten sie die Drohung von Djauhara noch verstärken. Dolores wurde klar, dass sie es ernst meinten.

Sie kniff ihre Lippen zusammen. «Ich sage kein Wort», sagte sie.

«Schwöre!», sagte Djauhara.

«Ich schwöre», sagte Dolores.

Danach wandelte sich die Stimmung der fünf Mädchen in laute Fröhlichkeit. Sogar Djauhara machte mit.

«Komm», sagte Aischa, «wie werden dich verkleiden wie eine maurische Prinzessin.»

Sie kleideten Dolores in eine himbeerfarbene Pluderhose, wickelten ihr eine viel zu große Tunika um den Körper und hängten ihr einen Schleier über das blonde Haar. Sie spielten und kicherten, und es war, als sei nichts passiert.

Aber Meryem versuchte, ihrem Blick auszuweichen. Dolores schaute Djauhara in die Augen, der Blick der anderen war ruhig und drohend. Es war, als würde Dolores von einer Schlange hypnotisiert. Das Zimmer begann sich um sie zu drehen, und ihre Beine fühlten sich kraftlos an. Sie ließ sich auf den Teppich fallen.

«Was hat sie denn jetzt?», sagte Daleila erschrocken.

«Sie ist noch müde», sagte Meryem. «Lass sie einen Moment in Ruhe.»

Dolores lag in ihrem Bett in dem kleinen Zimmer. Sie war sogar zu müde zum Trauern. Sie versuchte, sich an die Gesichter Lucindas und Tomasos zu erinnern, an die Gesichter ihrer Geschwister und ihrer Mutter.

Bilder in einem Buch, dachte sie mutlos. Für immer vorbei.

Sie lauschte. In Gedanken hörte sie ihre Mutter singen. Der Gesang hörte auf, und sie sah, wie ihre Mutter die kleine Jasmina in ihren Korb legte. Ihr Bauch wurde wieder dicker. Vielleicht würde sie dieses neunte Kind Maria nennen, wenn es ein Mädchen würde.

In Biar ging das Leben ohne Dolores weiter.

Prinzessin Johanna

In einem Saal mit hohen Kreuzbögen im Schloss von Santa Catalina bei Jaén saßen Königin Isabella von Kastilien und König Ferdinand von Aragón. Zwischen ihnen stand ihre Tochter Johanna, die Hände auf den Armlehnen der beiden eindrucksvollen Sessel.

Das Gesicht von Johanna war ausdruckslos. Ein kleiner Mund, eine hohe Stirn, glänzende dunkelbraune Haare, bewegungslose Hände. Alles in ihr strahlte Ruhe aus, bis auf ihre Augen: Die glänzten wie grüne Juwelen. An den Augen konnte man sehen, dass hinter der weißen Stirn ein Feuer brennen und ein Sturm wüten konnte. Sie war elf Jahre alt und wesentlich kleiner als Lucinda, aber ihre Haltung und ihre fast strenge Kleidung ließen sie älter erscheinen.

«Ist das ein Geburtstagsgeschenk?», fragte sie mit einer Stimme, die vor Erstaunen sehr hoch klang. «Machst du Scherze, Vater? Ich werde doch erst im November zwölf.»

«Das weiß ich, meine Tochter. Dies ist auch kein gewöhnliches Geschenk. Wir können diese Zwergin doch nicht bis dahin versteckt halten.»

«Warum bekomme ich sie?»

«Dolores ist keine normale Zwergin», sagte König Ferdinand. «Sie ist eine Närrin. Und ich habe sie für dich gekauft.»

«Eine Närrin?», wiederholte Prinzessin Johanna. «Was soll ich mit einer Närrin anfangen?»

«Vielleicht kann sie dich aufmuntern», sagte der König. «Du bist so niedergeschlagen, seit deine Gesellschaftsdame Maria de la Cerda nach Arnemuiden ging, um dort zu heiraten. Und jetzt ist auch deine Schwester Isabella nach Portugal gegangen, um Prinz Alfonso zu heiraten.»

Dolores schaute Johanna an und fühlte die Augen der Prinzessin auf sich ruhen.

Sie erwarten zu viel von mir, dachte sie. Wie soll ich in Gottes Namen dieses traurige Mädchen aufheitern?

Ihr Instinkt veranlasste sie zu einer einzigen Reaktion: fliehen! Dolores drehte sich um und lief, so schnell ihre Beine sie tragen konnten, zur Tür. Die Glöckchen an den dreieckigen Zipfeln ihres neuen Narrenkleids klimperten.

«Mein Geburtstagsgeschenk läuft davon!», sagte Johanna.

Carmela versuchte, die kleine Närrin zu greifen, aber Dolores wand und schlängelte sich und war so schwer zu fassen, als wäre sie mit Olivenöl eingeschmiert. Einer der Wächter an der Tür hielt Dolores auf. Er nahm sie einfach unter den Arm und trug sie zurück zu dem Platz, wo die beiden Throne standen.

«Soll ich sie wieder hinstellen, Majestät?», fragte er König Ferdinand.

«Halte sie noch einen Augenblick fest, sonst läuft sie wieder davon», klang die Stimme von König Ferdinand.

Unter dem Arm des Wächters schaute Dolores den König grimmig an. «Ich will nach Hause!»

«So spricht man nicht zu einem König», sagte Königin Isabella tadelnd.

Dolores fing an zu zappeln. Sie trommelte mit der Faust gegen den Magen des Wächters.

«Lass mich los! Ich will nach Hause!»

«Was für eine freche Zwergin», sagte Königin Isabella.

«So soll es sein», sagte König Ferdinand amüsiert. «Ein Narr sollte keinen Respekt zeigen, nicht vor dem Papst und nicht vor dem König.»

«Bist du sicher, dass du so ein ungezogenes Geschenk willst, Johanna?», fragte Königin Isabella.

Johanna sah ihre Mutter mit unergründlichen Augen an.

Die Königin will diese Närrin nicht im Haus haben, dachte sie, und das ist für mich ein Grund, sie zu wollen.

Johanna stieg mit geradem Rücken von dem Podest,

auf dem die zwei Throne standen, und stellte sich vor Dolores, die unter dem Arm des Wächters zappelte.

«Ich bin Prinzessin Johanna», sagte sie, «aber du darfst mich einfach Doña Johanna nennen.»

«Ich will nicht hierbleiben, Doña Johanna», sagte Dolores flehend. «Lass mich nach Hause gehen.»

«Ich möchte, dass du bei mir bleibst», sagte Johanna.

«Warum?»

«Mein Vater findet, dass ich zu ernst bin», sagte Johanna. «Vielleicht bringst du mich zum Lachen.»

«Warum würdest du wegen mir lachen?», sagte Dolores. «Ich bin unglücklich. Ich vermisse meine Mutter und meine Geschwister. Lass mich nach Biar zurückkehren. Bitte, Doña Johanna.»

«Du bist mein Geschenk», sagte Johanna hochherzig. «Ich will nicht, dass du wegläufst. Läufst du wieder weg, wenn der Wärter dich hinstellt?»

«Was glaubst du?», fragte Dolores.

«Willst du mich nicht begleiten?», sagte Johanna. «Ich habe von meinem Vater eine tragbare Orgel bekommen. Willst du hören, wie sie klingt?»

«Eine Orgel?», sagte Dolores plötzlich neugierig. «Darf ich auch darauf spielen?»

«Kannst du denn Musik machen?»

Dolores nickte heftig. «Ich kann das Cembalo und die Laute spielen», sagte sie.

«Versprichst du mir, dass du nicht mehr wegläufst?»,

sagte Johanna. «Du kannst sowieso nirgendwohin. Das Schlosstor wird streng bewacht.»

Dolores nickte.

«Wächter, stell meine Närrin auf die Füße.»

Dolores stand jetzt vor Johanna. Sie überlegte kurz, ob sie wieder weglaufen sollte. Aber Prinzessin Johanna hatte recht: Wo sollte sie denn hin? Sie sah Johannas ausgestreckte Hand und ergriff sie zweifelnd. Die Hand fühlte sich überraschend warm an, als glühe die Lebendigkeit, die die Prinzessin aus ihrem Antlitz fernzuhalten versuchte, in ihren Händen.

Johanna und Dolores durchquerten Zimmer nach Zimmer, bis sie zum Musikzimmer des Schlosses kamen.

«Ich mag Musik sehr gern», sagte Dolores, als sie mit strahlenden Augen die prächtige tragbare Orgel betrachtete.

«Ich auch», sagte Johanna. «Ich könnte den ganzen Tag spielen.»

Im Schloss von Jaén war alles viel steifer als im Schloss von Biar. In Jaén tobte man sich bei einem Fest nicht fröhlich aus, sondern alles verlief nach einem strengen Protokoll.

Dolores stellte bald fest, dass König Ferdinand und

Königin Isabella nicht die Eigentümer des Schlosses waren. Sie waren für längere Zeit hier eingezogen. Die tatsächlichen Schlossherrschaften waren Don Frederico de Jaén und Doña Aurelia. Don Frederico kannte sie schon von seinem Besuch im Schloss von Don Pedro. Er war sehr herzlich. Aber Königin Isabella verlangte von ihren Kindern, nach strengen Regeln zu leben und sich jederzeit als vorbildliche Gäste zu benehmen: immer höflich sein, morgens, abends und vor und nach dem Essen beten, nicht auf der Treppe oder auf der Galerie rennen, nicht rufen oder laut spielen, nicht sprechen, bevor man selbst angesprochen wird ... Lauter unmögliche Regeln für Dolores.

Auch die Tage verliefen nach einem festen Muster. Jeden Morgen ging Dolores um sieben Uhr in die Schlosskapelle zur Messe. Die maurischen Zofen standen hinten in der Kapelle. Dolores hatte ihren Platz vorn, neben Prinzessin Johanna. Sobald der Chor der Mönche in lateinischer Sprache zu singen anfing, fühlte Dolores, wie die Prinzessin neben ihr erstarrte. Ihr war diese Art von Musik deutlich zuwider. Auf Dauer empfand Dolores die gleiche Abneigung gegenüber dem wenig kraftvollen Gesang der Mönche. Es war, als würde sie von der Abneigung der Prinzessin angesteckt. Der Gesang klang in ihren Ohren wie das Singen furchterregender Engel. Mit einer gequälten Geste hob Dolores die Hände an die Ohren. Die kleine Catharina, die jüngste Schwester von

Prinzessin Johanna, musste deswegen laut lachen. Zum Glück sah Königin Isabella es nicht. Die Königin und der König saßen ganz vorn in der Kapelle, fast neben dem Altar. Während der Messe schaute sich Königin Isabella nicht um und war voller Andacht. Für Dolores war sie das lebende Beispiel eines furchterregenden Engels. Sie war groß und blond und hatte eisblaue Augen, die wie ein Messer durch die Seele zu schneiden schienen. Sie kniete mit gefalteten Händen und betete voller Inbrunst. Dolores wollte nicht wissen, wofür sie betete und ob Jesus ihre Gebete manchmal erhörte. Ihre Bitten waren vermutlich genauso furchterregend wie die Königin selbst.

Johanna betrachtete ihre Mutter meist mit einem distanzierten Blick.

Ich glaube, Johanna hat wenig Sympathie für ihre Mutter, dachte Dolores. Sie mag ihren Vater viel lieber, und das kann ich gut verstehen.

Jeden Tag bekam Dolores den gleichen Unterricht wie Prinzessin Johanna. Meist wurden sie von Doña Galindo unterrichtet. Bei manchen Stunden war auch Prinz Juan dabei, der ein Jahr älter war. Dolores konnte es nicht lassen, den Prinzen anzustarren, bis es ihm unbehaglich wurde. Noch nie hatte sie jemanden gesehen, der so rabenschwarze Haare und zugleich ein so bleiches Gesicht besaß. Er hatte schmale Hände und zierliche Finger und war von zarter Statur. Er hätte ein Zwillingsbruder von Prinzessin Johanna sein können.

Während des Unterrichts wurde Prinz Juan regelmäßig von Dolores' Blicken abgelenkt. Wenn er zu ihr hinschaute, lächelte sie ihm mit ihrem mondrunden Gesicht zu. Dann schaute der Prinz verwirrt in die andere Richtung.

«Du bist der schönste Prinz, den ich je gesehen habe», sagte Dolores eines Tages, als sie zusammen das Unterrichtszimmer verließen.

«Hast du denn schon viele Prinzen gesehen?», fragte Prinz Juan.

Dolores schüttelte heftig den Kopf. «Nein, und dennoch bist du der schönste», sagte sie. «Ich wollte, ich wäre eine Prinzessin.»

Dolores hob ihr Kleid mit einer eleganten Bewegung an und schritt mit spitzen Füßen und einem möglichst geraden Rücken vorwärts. Es war eine perfekte Imitation von Johanna.

«Dolores», sagte Prinzessin Johanna gekränkt, «hör auf, meinen lieben Bruder zu necken! Du bringst ihn durcheinander.»

«Ich necke ihn nicht, ich sage die Wahrheit», sagte Dolores.

«Dann behalte die Wahrheit für dich. Es ist nicht passend, so zu einem Prinzen zu sprechen.»

Prinzessin Johanna mochte Prinz Juan sehr gern. Sie

wollte nicht, dass Dolores mit ihren verrückten Manieren ihren Bruder vom gemeinsamen Unterricht fernhalten würde.

Johanna und Dolores lernten Spanisch, Portugiesisch, Französisch und Latein. Sie hatten Religion, Sternenkunde, Musik und noch viel mehr. Johanna war wissbegierig, und sie hatte einen scharfen Verstand. Dolores begriff längst nicht alles, was während der Stunde gesagt wurde. Sie nahm mit, was sie interessierte. Doña Galindo stellte zum Glück nicht die gleichen hohen Ansprüche an sie wie an Johanna. Dolores konnte es sich leisten, ein wenig zu träumen. Sie schaute durch das offene Fenster hinaus in die Sonne, die den Innenhof mit strahlendem Licht übergoss, und überlegte, dass dieselbe Sonne auch in Biar schien. Sie dachte an das Leben im kleinen Pächterhaus.

Ich werde Doña Johanna fragen, ob ich einen Brief schreiben darf, dachte sie. Ich schreibe unserem Priester, und dann kann er den Brief meiner Mutter vorlesen.

Sie dachte an Tomaso und an Lucinda. Und an ihren kleinen Esel Pepito, der ungeduldig im Stall auf sie wartete. Wie er vor Aufregung schnauben würde, wenn sie nachher zu ihm hingehen würde für ihren täglichen Ausritt. Denn das taten die Königskinder: Sie ritten jeden Tag mit ihren Reittieren hinaus. Prinz Juan saß hoch zu Pferd, die drei Prinzessinnen ritten auf Maultieren mit reichverzierten Satteldecken, und Dolores trabte auf ihrem kleinen Esel hinter ihnen her. Die Gesellschaft wurde begleitet vom Stallmeister und vier Wächtern zu Pferde. Sie ritten zwischen den Olivenbäumen den Berg hinunter und über den leichten Abhang bis zum Fluss Guadalquivir.

Dolores sehnte sich nach diesen Ausritten. Draußen konnte sie freier atmen. Unterwegs plauderte sie fröhlich mit den Prinzessinnen Maria und Catharina. Dolores fand es schade, dass sie die beiden nur in der Kapelle, bei Tisch oder während ihrer gemeinsamen Ausritte sah. Johannas Schwestern wurden von einer anderen Hauslehrerin unterrichtet. Sie waren netter und weniger steif im Umgang als ihre ältere Schwester.

Eines Tages dachte sich Dolores ein Lied aus, um Prinzessin Catharina während des Ausrittes zu amüsieren:

> «Warum ist Prinzessin Catharinas Po
> nicht wert, auf einem Pferd zu reiten?
> Wo doch die Stallmeister zu diesen Zeiten
> sehr wohl mit dem Po ein Pferd bereiten?
>
> Ist denn ein Edelfrauenpo
> nicht halb so edel oder so
> wie der Hintern eines Mannes?

Prinzessin Catharina und Prinzessin Maria kugelten sich vor Lachen, und sogar Prinz Juan lächelte.

Dolores sang weiter:

«Warum ist Prinzessin Marias Po
nicht wert, auf einem Pferd zu reiten?
Wo doch die Stallmeister zu diesen Zeiten
sehr wohl mit dem Po ein Pferd bereiten?
Ist denn ein Edelfrauenpo
nicht halb so edel oder so
wie der Hintern eines Mannes?

Noch mehr Gelächter. Auch die Stallmeister und die Wächter machten sich lustig über die kleine Närrin. Dolores schöpfte Mut und sang noch übermutiger:

«Warum ist Prinzessin Johannas Po
nicht wert, auf einem ...»

Prinzessin Johanna zog zornig die Zügel ihres Maultieres an.

«Hör auf!», sagte sie böse. «Es reicht, Dolores!»

Und zu Catharina und Maria sagte sie: «Hört auf mit dem dummen Gelächter!»

Johanna wartete, bis Dolores sie eingeholt hatte. Während des restlichen Ausfluges musste sie brav neben ihrer Herrin reiten.

Dolores schaute sich heimlich nach Prinzessin Catharina um und zog eine Grimasse. Als Prinzessin Johanna das merkte, sagte sie zu Dolores: «Hör auf damit, oder du bekommst einen Schlag mit der Peitsche.»

Dolores mochte Catharina immer lieber. Die kleine Prinzessin erinnerte sie an Julia. Catharina war fünf und nur ein paar Zentimeter kleiner als Dolores. Sie fand es herrlich, mit der Zwergin herumzutoben und Streiche auszuhecken. Aber es schien so, als könne Johanna nicht ausstehen, wenn Catharina und Dolores zusammen ihren Spaß hatten.

«Dolores gehört mir», sagte sie, wenn sie sah, wie Catharina sich mit ihrer Närrin amüsierte. «Du kannst ja mit etwas anderem spielen.»

Nachdem sie Dolores und Catharina voneinander getrennt hatte, blieb Prinzessin Johanna meist eine Weile schlecht gelaunt.

Aber Johanna konnte auch nett sein. Vor allem, wenn sie zusammen Musik machten. Das genossen Dolores und Johanna sehr. Sie spielten beide mit großer Inbrunst. Wenn Dolores schneller spielte, als die Melodie es vorgab, und rascher fertig wurde, musste Johanna lachen.

Tagsüber kam Dolores nicht mehr so oft in das Zimmer der maurischen Zofen. Johanna behielt ihre Närrin möglichst für sich. Dolores aß mit der Prinzessin und den anderen Königskindern am Tisch. Nur sonntags und bei feierlichen Anlässen aßen die Königskinder gemeinsam mit ihren Eltern und den geladenen Gästen. Bei solchen Gelegenheiten saß Dolores neben Johanna und trug Kleidungsstücke, die Johanna speziell für sie hatte anfertigen lassen: Eine kleinere Ausgabe des Kleides, das sie selbst trug, und das mit Glöckchen geschmückt war, die bei jedem ihrer Schritte klimperten. Auch ihre Haare wurden nach Johannas Frisur hergerichtet.

Es war Dolores noch nicht klar, was man von ihr, der Närrin, erwartete. Sie versuchte, sich den erstickenden Regeln des Hofs zu unterwerfen, aber es kostete sie viel Mühe, sich zu beherrschen.

Während eines Festes im Schloss ging alles schief. Die Gesellschaft saß an langen Tischen im größten Saal des Schlosses. Gedämpfte Musik erklang hinter einem rotsamtenen Vorhang. Dolores fing ein fremdes Geräusch auf: das Zupfen eines Musikinstrumentes, das sie noch nicht kannte. Sie hörte aufmerksam hin. Nach einer Weile konnte sie ihre Neugier nicht mehr bezwingen. Sie stand vom Tisch auf, rannte mit klimpernden Glöckchen zum Vorhang und zog ihn mit einem Ruck auf. Königin Isabella schaute entsetzt zu dem Orchester, das nun für jeden sichtbar war. Alle Augen richteten sich auf Dolores. Im Saal klang ein missbilligendes Gemurmel.

Der erschreckte Ausdruck auf den Gesichtern der Leute verwirrte Dolores. Einen Moment lang blieb sie wie festgenagelt stehen, dann rannte sie zu ihrem Platz zurück und versteckte ihren Kopf unter der Tischdecke.

Zum Glück erklang das laute Gelächter Don Fredericos und dann die erlösenden Worte Don Ferdinands:

«Dolores ist unsere Närrin, liebe Leute, und eine Närrin macht nun mal närrische Sachen.»

Erst nach diesen Worten wagten die Gäste vorsichtig zu lachen. Dolores kam wieder unter der Tischdecke zum Vorschein, steckte ihren Kopf aber schnell wieder zurück, als sie Königin Isabellas vernichtenden Blick sah. Es war Johanna, die sie wieder unter der Tischdecke herausholte.

«Gut gemacht, Dolores», sagte sie leise.

Alles was Königin Isabella ärgerte, erfreute Prinzessin Johanna sehr.

Je länger Dolores am Hof war, desto mehr betrachtete sie alles um sich herum mit den Augen ihrer Herrin. Es war beinahe unheimlich: In der nach außen hin ruhigen Johanna wüteten heftige Gefühle, die von Dolores geäußert wurden. So hatte Dolores, ebenso wie Johanna, einen Widerwillen gegen das Beichten. Sie wehrte sich, wenn sie beichten sollte, musste es aber doch tun. Jede Woche waren Prinzessin Johanna und Dolores verpflichtet, ihre Sünden einem Priester anzuvertrauen, der ein Gesicht wie ein Leichenprediger hatte.

Was sollte Dolores diesem strengen Mann nur jedes Mal sagen? Zum Glück gab es mehr als genug alltägliche Sünden, die sie ständig beging.

«Ich bin frech gewesen», sagte sie, oder: «Ich hatte zu wenig Respekt vor meinen Herrschaften.»

«Ich bin weggelaufen und habe Carmela in die Hand gebissen, als sie versuchte, mich zu packen.»

«Ich habe geflucht.»

«Ich habe die Bändchen von Djauharas Pantoffeln zusammengebunden, als sie ihren Mittagschlaf hielt. Sie ist hingefallen, und als sie aufstand, hatte sie sich den Knöchel verstaucht.»

Sie traute sich nicht, wie Johanna stolz zu sagen: «Ich habe nichts getan.»

Nach Toledo

Gerade als Dolores sich an die Gepflogenheiten des königlichen Lebens im Schloss von Jaén gewöhnt hatte, wurde der Hofstaat im Ganzen aufgelöst, und alle zogen nach Toledo um.

Es war Ende September. Der endlose Tross folgte dem Fluss Guadalquivir stromaufwärts und zog immer weiter ins Landesinnere.

Am Anfang war Dolores froh, den Mauern des Schlosses von Jaén entkommen zu sein. Sie winkte den Matrosen der kleinen Segelboote zu, die stromabwärts fuhren und das frischgepresste Olivenöl bis zum Meer brachten. Aber die Reise schien endlos, und ihre Müdigkeit und die Schmerzen am Hinterteil nahmen jeden Tag zu. Der Straßenstaub von La Mancha und Kastilien kroch ihr in die Nase, unter die Nägel und in die Kleider. Ihre Gelenke, die unter normalen Umständen schon schmerzten, brannten regelrecht.

Der Tross kam nur sehr langsam voran. Manchmal wurden der König, die Königin und die Königskinder stundenlang in einem Tragegestell getragen, das eine der schwarzen Holzkisten ähnlich war, in der eine Leiche aufrecht sitzen konnte. Die königliche Familie konnte den kleinen Vorhang, der sie vor dem Staub schützte, offen lassen oder zuziehen. Der Rest der Karawane folgte. Manchmal hatte die königliche Gesellschaft Lust, die Reise reitend fortzusetzen, dann kam der Tross schneller voran. Eine Gruppe Diener, Stallknechte und Köche ging der Gesellschaft voraus, um ein Zeltlager, eine Feldküche und Stallungen zu errichten. Dieselbe Gruppe blieb zurück, um das Zeltlager wieder abzubrechen. Inzwischen ritt eine andere Gruppe voraus, um das folgende Zeltlager zu errichten. Wenn der Hofstaat ankam, wartete das Lager mit seinen reichverzierten spitzen Zelten schon, als ob es immer dagestanden hätte. Oben auf den farbigen Zelten, die für die königliche Gesellschaft bestimmt war, wehten die Fahnen von Aragón und Kastilien. Im Inneren war der Tisch auf einem mit Teppichen bedeckten Boden bereits gedeckt. In den Schlafzelten standen die Kleidertruhen der königlichen Familie am Fußende der Holzbetten.

In Johannas Zelt wartete ihre tragbare Orgel. Während der Duft der Holzfeuer und des Abendessens sich im Lager verbreitete, spielte Johanna auf ihrer Orgel ihre Müdigkeit fort. Auf ihrem Gesicht erschien ein friedlicher Ausdruck. Dolores, die auf ihrem eigenen Bett saß, lauschte zufrieden und ermattet den Orgelklängen. Meryem saß neben ihr. Sie hielt einen Kamm aus Elfenbein in der Hand und wartete, bis Johanna mit ihrem Spiel fertig war, um sie für das Essen herzurichten. Die Musik drang durch das Segeltuch des Zeltes und hallte durch das Lager, und es war, als verrichteten die Menschen nach dem Rhythmus der Klänge ihre Arbeit viel ruhiger.

«Hör mal, Johanna spielt wieder auf ihrer Orgel», sagte König Ferdinand zu seiner Frau. «Sie fühlt sich mit Dolores in ihrer Nähe deutlich besser.»

«Meinst du, dass es daran liegt?», fragte Königin Isabella zweifelnd. «Die Närrin ist ziemlich lästig.»

«Aber auf eine lustige Art lästig», sagte König Ferdinand mit einem Lächeln.

Der Hofstaat wurde in den Städten La Carolina, Manzanares und Mora feierlich empfangen. Die Einwohner streuten Blumenblüten auf die Straßen und wehten mit Fähnchen in den Farben von Aragón und Kastilien. Dolores hatte das Gefühl zu träumen. Sie erinnerte sich an den Moment in Biar, als sie auf dem Esel des Pfarrers gesessen und ihre Ankunft in Biar wie eine Prinzessin gefeiert hatte. Dolores richtete sich auf, um wie Johanna stolz und aufrecht im Sattel zu sitzen. Sie blickte sich um und winkte den Umstehenden huldvoll zu. Die Leute lachten wegen der Närrin auf ihrem Esel, die eine kleinere Ausgabe von Prinzessin Johanna war.

In den Städten wurden sie von den örtlichen Edelleuten empfangen und blieben zwei oder drei Nächte in deren Schlössern, während Wärter mit Hellebarden am Tor Wache hielten.

* * *

Es war fast Herbst, als der Hofstaat von Jaén nach Toledo umzog. An den Nachmittagen war es im Landesinneren noch ziemlich heiß. Meist wurde nach der Pause für das Mittagsmahl entschieden, dass die königliche Familie ihre Reise in einem Tragestuhl fortsetzen würde. Dahinter folgte träge der Rest des Zuges. Dolores hatte einen Sonnenschirm, aber ihr Arm wurde auf die Dauer so lahm, dass sie ihn nicht mehr halten konnte. Ihr Schleier schützte sie kaum vor dem scharfen Wind, der ihr den Staub ins Gesicht blies. Sie versuchte, sich den Sand aus den Augen zu reiben. Dolores ritt neben Johannas Tragestuhl. Die Prinzessin öffnete die Vorhänge und streckte ihren Kopf hinaus. Sie sah, wie sich Dolores auf ihrem Esel abmühte.

«Halt!», rief sie, und als nicht sofort eine Reaktion folgte, rief sie noch lauter: «Anhalten!»

Der Tross hielt an, langsam wie eine Raupe, die auf einem kleinen Zweig zum Stillstand kommt.

Prinzessin Johanna stieg aus und ging zum Tragestuhl ihres Vaters und ihrer Mutter. Königin Isabella öffnete verstört den Vorhang.

«Du musst doch nicht schon wieder?», sagte sie. «Ich habe euch doch gesagt, dass ihr eure Bedürfnisse während der Mittagspause erledigen solltet.»

«Ich muss nicht», sagte Johanna. Sie richtete sich jetzt an ihren Vater: «Darf ich Dolores zu mir in den Tragestuhl nehmen?»

«Das ist unerhört», sagte Königin Isabella. «Du verwöhnst die Zwergin.»

Johanna achtete nicht auf ihre Mutter. Sie schaute ihren Vater flehend an. «Bitte. Zusammen wiegen wir nicht mal so viel wie Ihr. Die Träger werden gar nicht merken, dass Dolores neben mir sitzt.»

«Es schadet doch nichts», sagte König Ferdinand. «So jemand wie Dolores wird nicht schnell überheblich. Für sie sind alle Menschen gleich.»

«Leider», sagte Königin Isabella säuerlich. «Sie ist unerträglich frech. Ich glaube, es wäre besser, sie nach Biar zurückzuschicken.»

«Das denke ich nicht», sagte König Ferdinand. «Seit wir diese Närrin im Haus haben, geht es Johanna viel besser.»

Und zu Johanna sagte er: «Nimm sie zu dir in deinen Tragestuhl, meine Tochter.»

Johanna schaute ihre Mutter herausfordernd an. Königin Isabellas Augen sprühten Feuer, aber sie sagte nichts.

Fortan durfte Dolores immer neben Johanna sitzen, wenn die Prinzessin in ihrem Tragestuhl reiste. In dem geschlossenen Stuhl fiel der Abstand zwischen der Prinzessin und der Närrin weg. Zum ersten Mal erzählte Dolores von ihrer Mutter und ihren Geschwistern in Biar.

«Sind das auch Zwerge?», fragte die Prinzessin neugierig.

«Warum sagst du das, Johanna?», sagte Dolores empört. «Weil ich eine Zwergin bin, müssen doch meine Mutter und meine Geschwister keine sein, oder? Ich bin wirklich das einzige abartige Wesen in der Familie!»

«Es tut mir leid, mir war nie bewusst, dass eine normale Mutter eine Zwergin gebären kann», sagte die Prinzessin. «Du weinst oft. Vermisst du deine Familie?»

Dolores nickte. «Vor allem meine Mutter», sagte sie. «Manchmal kann ich meinen Schmerz nicht mehr für mich behalten.»

«Ich dachte, du würdest so übertrieben weinen, um mich zu amüsieren», sagte die Prinzessin.

«Dachtest du das wirklich?», fragte Dolores ungläubig. «Ich habe auch Gefühle! Genau wie ein normaler Mensch. Meistens weine ich vor Heimweh.»

«Warum bist du dann aus Biar weggegangen?», fragte Johanna.

«Das habe ich mir doch nicht selbst ausgesucht», sagte Dolores bitter. «Mein Vater hat mich an einen Gesandten deines Vaters verkauft. Ich sollte als Geschenk für dich dienen. Ich taugte doch für nichts anderes.»

«Wie schrecklich», sagte Prinzessin Johanna. «Warum hat dein Vater so etwas gemacht?»

«Hast du unterwegs all die armen Menschen gesehen?», fragte Dolores. «Meine Eltern sind genauso arm. Sie haben das Geld gebraucht.»

«Du müsstest mich hassen ...», sagte Johanna.

«Wieso? Du kannst doch nichts dafür, du hast nicht um mich gebeten.»

«Wenn deine Familie so arm ist, wie ist es dann möglich, dass du lesen und schreiben kannst? Du spielst sogar Cembalo!»

«Das habe ich im Haus von Don Pedro gelernt, dem Herrn von Biar. Ich war die Gesellschafterin seiner Tochter Lucinda.»

Dolores erzählte von Lucinda, aber diese Geschichte schien die Prinzessin nicht so interessant zu finden.

Danach erzählte Johanna von ihrem Leben am Hof. Sie äffte ihre Mutter nach und sprach all ihre Worte so aus, dass sie übertrieben und lächerlich klangen. Auch ihre Beobachtungen der Hofdamen waren scharf. Vor allem die dicke Doña Ana de Beaumonté und die hochnäsige Beatriz de Bobadilla mussten daran glauben. Dolores mochte Doña Ana, die sie aus Biar weggeholt hatte, auch nicht. Es freute sie, als sie entdeckte, dass Johanna sie ebenfalls nicht leiden konnte.

Manchmal wurde es zu stickig in dem Tragestuhl. Dann öffnete Prinzessin Johanna die Vorhänge, und sie blickten hinaus. Wenn sie einfach vor sich schauten, sahen sie nur die Träger, die vor dem Tragestuhl gingen, die schaukelnden Pferdehinterteile und die Rücken der Wächter vor ihnen. Darum streckten sie abwechselnd ihre Köpfe weiter hinaus und erzählten sich, was sie sahen.

«Ein Bettler», sagte Johanna.

«Eine rote Sandfläche.»

«Ein mageres Kind mit hohlen Augen.»

«Lass mich mal schauen», sagte Dolores. Sie streckte ihren Kopf hinaus und fühlte den warmen Wind in ihren Haaren. Sie kniff die Augen halb zu, um sie an das grelle Sonnenlicht zu gewöhnen.

«Darf ich in Rätseln sprechen?», fragte Dolores.

«Nur zu», sagte Johanna.

Johanna blieb im Schatten ihres Tragestuhls sitzen und versuchte zu erraten, was Dolores sah.

«Es ist gelb und strahlt wie ein Sternenhimmel», sagte Dolores.

«Keine Ahnung. Was ist es?», sagte Johanna, und sie streckte ihren Kopf auch hinaus.

«Die sternenförmigen Blumen zwischen den Steinen.» Dolores deutete auf die Blumen.

«Es steht in einer Reihe und winkt mit vier Armen gleichzeitig», sagte Dolores.

«Weiß ich nicht.»

«Eine Reihe weißer Mühlen mit grauen Flügeln auf dem Rücken des Hügels.»

«Es fliegt und schreibt den Buchstaben V an den Himmel.»

«Wildgänse!», sagte Johanna.

«Richtig», sagte Dolores. «Schau mal.»

«I-ah bekommt leckere Milch», sagte Dolores.

«Pepito?»

«Fast richtig», sagte Dolores. «Ich sehe ein Eselsfohlen, das bei der Mutter trinkt.»

Zum Schluss hängte sich nur noch Dolores hinaus, um zu schauen und sich Rätsel auszudenken.

«Mach nur», sagte Johanna. «Durch deine Augen sieht die Welt schöner aus.»

«Das habe ich von Tomaso gelernt», sagte Dolores.

«Wer ist Tomaso?»

«Einer der Soldaten, die mich nach Jaén gebracht haben», sagte Dolores.

«War er nett?»

Dolores nickte.

«Und hübsch?»

«Jemand der nett ist, muss nicht unbedingt hübsch sein», sagte Dolores, «aber er war auf keinen Fall hässlich.»

«Wenn ich später heirate, soll mein Mann hübsch sein», sagte Johanna. «Einen hässlichen, alten Mann könnte ich nicht ertragen. Ich hoffe, dass meine Eltern mich nicht mit einem alten Mann verkuppeln.»

Johanna schaute Dolores eindringlich an.

«Du errötest», sagte sie neckend. «Bist du in diesen Tomaso verliebt?»

«Ich weiß nichts von der Liebe», sagte Dolores.

«Das ist nicht wahr», sagte Johanna ernst. «So wie du von deiner Mutter und deinen Geschwistern erzählst, habe ich noch nie jemanden erzählen hören. Du weißt besonders viel von der Liebe.»

⁂

Während Dolores von Jaén nach Toledo unterwegs war, reiste in der Satteltasche eines Boten ein Brief von Dolores nach Biar.

Jaén, den 29. September 1491

Hochwürdiger Herr,

es war nicht meine Absicht, Sie mit diesem Schreiben zu belästigen, ich wollte diesen Brief an Lucinda, die Tochter von Don Pedro, richten. Aber meine Herrin, Prinzessin Johanna, möchte es lieber, dass ich den Brief an Sie richte statt an Lucinda.

Ich schreibe Ihnen diesen Brief in der Hoffnung, dass Sie ihn meiner Mutter und meinen Geschwistern vorlesen werden.

Liebe Mutter, liebe Brüder und Schwestern,

jeden Tag frage ich mich, wie es euch geht. Sind Paco und Jasmina gewachsen? Wie geht es unserer lieben Julia und unseren ungezogenen Jungen Sancho und Juanito? Seid ihr alle gesund, und was ist inzwischen noch alles passiert in Biar? Was mir nicht alles durch den Kopf gegangen ist! Alle möglichen Katastrophen sind an meinen Augen vorbeigezogen, aber ich hoffe, sie sind euch allen erspart geblieben.

Nach dem schrecklichen Abschied von dir, meiner lieben Mutter, und von euch allen, habe ich eine lange Reise gemacht mit dem schielenden Carlos und den drei anderen Soldaten. Ich wusste nicht, dass die Welt so groß ist. Weit außerhalb Biars gibt es noch so viele andere Dörfer und Städte, und glaubt mir: Den meisten Menschen, denen ich unterwegs begegnet bin, geht es noch schlechter als uns. Es war keine angenehme Reise. Ihr kennt den schielenden Carlos. Der war früher schon ein unangenehmer Kerl, und er ist sogar noch schlimmer geworden. Zum Glück gab es einen Soldaten, der sehr nett war und gut für mich gesorgt hat. Sein Name ist Tomaso. Mein armer Esel Pepito war nach dieser langen Reise sehr erschöpft, und ich auch.

Es hat eine ganze Weile gedauert, bevor ich mich an das Leben am Hof in Jaén gewöhnen konnte. Vor allem die Hofdamen gehen herum, als ob sie die ganze Zeit ihre Pobacken zukneifen. Königin Isabella ist eine kalte Person, und Prinzessin Johanna ist nicht einfach. Manchmal ist sie wie ein Standbild. Sie ist sehr streng und benimmt sich wie eine richtige Prinzessin. Am Anfang hatte ich ein bisschen Angst vor ihr, aber jetzt, da ich sie etwas besser kenne, ist sie viel netter. Sie hat fünf maurische Zofen, wirklich wahr! Du müsstest sie mal sehen, Pilar, sie sehen aus wie Paradiesvögel. Mit einer von ihnen bin ich jetzt gut befreundet.

Sie brauchen sich wegen meines Seelenheils keine Sorgen zu machen, Hochwürden. Die maurischen Mädchen sind bekehrt worden. Sie sind gute Christinnen. Genau wie ich gehen sie jeden Tag in die Kirche, und jede Woche beichten sie.

Demnächst gehe ich wieder auf eine lange Reise nach Toledo. Der Hofstaat ist wie eine Gruppe Schwalben, die regelmäßig ihr Nest wechseln. Ich hoffe, Pepito wird es überleben. Das letzte Mal hat er seine Hufe bis auf die Haut kaputtgelaufen.

Ich habe Prinzessin Johanna gefragt, ob ich dem Boten einen Brief für euch mitgeben darf, und ich durfte. Ich klebe ihn gut zu mit einem Siegel, sodass niemand ihn lesen kann.

Jeden Morgen, wenn ich aufwache, und jeden Abend, bevor ich schlafen gehe, denke ich an euch alle. Ich vermisse euch schrecklich, aber mache dir keine Sorgen wegen mir, liebe Mutter. Du weißt doch, dass ich ein zähes Mädchen bin, das sich nicht so schnell unterkriegen lässt? Das ist übrigens unmöglich, denn ich bin schon sehr weit unten.

Ich weiß nicht, wie ich mich in diesem Brief verabschieden soll. Ich könnte immer weiterschreiben, aber der Bote muss jetzt fort. Lasst es euch gutgehen. Das wünsche ich mir jedes Mal, wenn ich eine Sternschnuppe sehe.

Für immer bei euch,
Dolores

Prinzessin Isabella

Unter dem strahlend blauen Himmel konnte man schon von weitem die Hauptstadt von Kastilien sehen. Toledo lag wie eine Insel in der leicht hügeligen Ebene. Die Stadt war auf einem Berg aus Granit erbaut und lag geschützt in einer Bucht des Tajo. Der blaugrüne Fluss umfasste Toledo an der Ost-, Süd- und Westseite. Über Land war die Stadt nur von Norden her erreichbar. Es war eine Festung aus Rosa, Rot und Ocker mit dem Alcázar und seinen quadratischen Türmen als Krone, daneben die Spitze der Kathedrale. Dolores hatte in ihrem Leben noch nie etwas so Schönes gesehen.

Wie unendlich groß die Welt doch ist, dachte sie voller Ehrfurcht. Man muss nicht mal ein Zwerg sein, um sich klein zu fühlen.

«Als Gott die Sonne erschaffen hat, hat Er sie über Toledo gestellt», sagte Prinzessin Johanna stolz.

Johanna ritt neben Dolores auf ihrem Maultier und straffte wie die anderen die Zügel, um die Aussicht auf die Stadt zu genießen.

«Ist das so?», sagte Dolores erstaunt.

«So heißt es jedenfalls», sagte Johanna. «Die Stadt meiner Mutter ist genauso schön wie sie, aber weniger kühl.»

Das Gesicht der Prinzessin strahlte, ihre Haut wurde rot, als söge sie die Farben der Landschaft in sich ein.

«Endlich zu Hause», sagte sie mit einem Seufzer. «Die Kinder des ehrenwerten Ferdinand und der ehrenwerten Isabella sind immer auf Wanderschaft, wusstest du das, Dolores? Unsere Eltern schleifen uns überall mit. Manchmal macht es mich so müde ...»

«Ist Toledo dein wirkliches Zuhause, Doña Johanna?», fragte Dolores.

Johanna nickte. «Ich liebe Toledo», sagte sie. «Vom Alcázar aus kannst du wenigstens hinausschauen. Er ist nicht wie andere Schlösser, deren Fenster ausschließlich nach innen gehen. Unser Schloss ist erneuert worden. Die Fenster gehen nicht nur in die Innenhöfe. Von dort oben hast du eine großartige Aussicht über die Stadt, den Fluss und das Land ringsumher. Toledo ist voller Leben, aber auf dem Berg ist es still. Und nachts kannst du den Mond sehen. Den hast du im Schloss von Santa Catalina nur über den Gärten im Innenhof sehen können. Wusstest du, dass der Mond langsam über den Himmel wandert, genau wie die Sonne? Ich liebe es, im Alcázar nachts durch die Zimmer zu streifen. Ich folge dem Mond auf seinem Weg am Himmel. Aber meine

Mutter mag es nicht gern, wenn ich ihn zu oft betrachte.»

«Warum nicht?», fragte Dolores.

«Sie glaubt, ich würde deswegen mondsüchtig. Wenn ich morgens gereizt oder niedergeschlagen bin, sagt sie: Johanna, hast du in der Nacht wieder den Mond beobachtet? Du weißt, dass das nicht gut für dich ist.»

«Und», sagte Dolores, «ist es nicht gut für dich?»

«Ich bilde mir ein, dass der Mond das Gesicht meines zukünftigen Prinzen hat», sagte Prinzessin Johanna träumerisch. «Ich stelle mir vor, dass er vom Himmel auf mich herunterschaut, um zu sehen, wie ich bin und wie ich aussehe. Mein Prinz wird für mich kein Unbekannter sein, wenn ich ihm zum ersten Mal begegne. Wenn der Mond am Morgen verschwindet, bin ich manchmal krank vor Sehnsucht nach ihm.»

«Weißt du schon, wen du heiraten wirst?»

Johanna zuckte die Schultern. «Noch nicht», sagte sie, «aber mein Vater und meine Mutter sind eifrig auf der Suche nach einem geeigneten Kandidaten.»

Der Hofstaat wurde festlich in seinem Heimatort empfangen. Die Menschen streuten Blumen auf den Straßen und riefen dem Königspaar und deren Kindern einen warmen Willkommensgruß zu.

«Es lebe König Ferdinand!»

«Es lebe Königin Isabella!»

«Es lebe Prinz Juan, Prinzessin Johanna, Prinzessin Maria und Prinzessin Catharina!»

Der Tross wand sich durch die engen Gassen. Dolores wurde von einer Mischung aus Düften und Farben überwältigt. Sie roch Mist, modernden Abfall und Urin, aber auch Marzipan, Räucherwaren, Zitrusfrüchte, Leder und Gewürze. Wolle, Leinen und Seide, Töpferwaren und Juwelen: Alles war in großer Fülle zur Schau gestellt. Dolores sah Läden mit glänzenden Dolchen und Schwertern. Über den Läden hingen Schilder in spanischer Schrift, aber auch mit fremden Schriftzeichen: eine gewundene Schrift oder in zierlichen Linien und Punkten. In den Straßen gab es ein Durcheinander von Spaniern, Mauren und Juden, und alle schienen sich gleichermaßen zu freuen, das Königspaar wiederzusehen.

Als sie endlich beim Tor des Alcázar ankamen, war es Dolores ganz leicht im Kopf. Das Tor öffnete sich schwungvoll, und der Tross wurde vom riesigen Schloss mit seinem Irrgarten an Gängen und Zimmern verschluckt.

Der Hofstaat hatte sich kaum im Alcázar eingerichtet, als ein Bote aus Portugal schlechte Nachrichten überbrachte. Der Ehemann von Prinzessin Isabella war während eines Jagdausfluges vom Pferd gefallen und gestorben. Prinzessin Isabella war die älteste Schwester von Prinzessin Johanna. Sie war jetzt einundzwanzig, kinderlos und Witwe. Sobald die Prinzessin sich von der Beerdigung erholt hätte, würde sie in das Haus ihrer Eltern zurückkehren.

Ihre Mutter, die denselben Namen wie sie trug, verkündete sofort allgemeine Trauer im Alcázar. Jeder – vom Ratsherrn bis zum Lehrer, von der Hofdame bis zur Gesellschafterin – trug von einem Tag auf den anderen schwarze Kleidung und verwandelte sich wie durch Zauberei von einem farbfrohen Vogel in eine schwarze Krähe oder in einen schwarzen Raben. Selbst die maurischen Zofen trugen schwarze Kleider; das sah besonders seltsam aus.

Ein Gedenkgottesdienst wurde abgehalten. Auch Dolores nahm teil am Trauerzug vom Alcázar zur Kathedrale. Sie saß neben Doña Johanna, die in ihren dunklen Kleidern noch blasser aussah als sonst. Es war, als drücke sie die traurige Atmosphäre in der Kathedrale auch körperlich nieder. Sie zuckte zusammen, als die Mönche zu singen begannen. Die leisen Klänge stiegen hinauf bis in das Spitzbogengewölbe, wo ihr unmenschlich klingendes Echo zurückgeworfen wurde. Dolores ertrug den Gesang gelassen. Sie wagte nicht, sich die Ohren zuzuhalten, und setzte sich auf ihre Hände. Wenn sie es täte, würde Prinzessin Catharina darüber lachen müssen, und das wäre bei diesem Anlass wirklich unpassend.

Einen Monat später kam Isabella aus Portugal zurück. Das Äußere der Prinzessin war so ungewöhnlich, dass Dolores Mühe hatte, nicht loszulachen. Prinzessin Isabella sah aus wie ein gerupftes Huhn. Ihre blonden Haare waren bis auf die Kopfhaut grob abgeschnitten. Sie war einfach und in Schwarz gekleidet und trug keine Juwelen. Dolores betrachtete das blasse Gesicht und die stumpfen Augen der Prinzessin und konnte sich gerade noch rechtzeitig zurückhalten. Bei so viel Trauer durfte man nicht lachen.

Prinzessin Isabella kniete vor der Königin und dem König nieder, um ihren Segen zu empfangen. Sie küsste leidenschaftlich die Hand ihrer Mutter und kühl die ihres Vaters. Sie achtete nicht auf ihren Bruder und ihre drei Schwestern.

«Wer hat ihre Haare so abgeschnitten?», fragte Dolores Johanna flüsternd.

«Das hat sie selbst gemacht, als Zeichen der Trauer», flüsterte Johanna zurück. «Ich erkenne sie fast nicht mehr. Sie sieht aus wie eine Vogelscheuche. Früher war sie genauso schön wie meine Mutter und viel schöner als ich.»

«Jetzt nicht mehr», sagte Dolores.

Die Ankunft von Prinzessin Isabella warf einen Schatten über den Alcázar. Sie nahm nicht am Unterricht teil. Sie machte keine Musik. Sie beteiligte sich nicht an den täglichen Ausritten der vier anderen Königskinder. Stattdessen schlurfte sie im Kielwasser ihrer Mutter durch die Gänge.

Im Alcázar ging es fortan noch strenger zu als im Schloss von Santa Catalina. Die anderen Königskinder hatten ihre täglichen Unterrichtsstunden wiederaufgenommen, und das Leben ging eintönig weiter. Es war klar, dass Königin Isabella in diesen traurigen Zeiten nicht sehr erpicht auf irgendwelche närrischen Aktivitäten der kleinen Dolores war. Mit äußerster Anstrengung gelang es der Närrin, sich zu beherrschen, wenn sie sich in Gesellschaft der Königin und der traurigen Prinzessin befand. Aber sobald sie ihren strengen Blicken entkommen konnte, gab sie eine Vorstellung für Prinzessin Johanna, die im Zimmer der maurischen Zofen auf Kissen zwischen ihnen saß.

Dolores machte eine ausladende Handbewegung.

«Wen mache ich nach?», rief sie.

Sie sprang auf ein Bänkchen und betrachtete die Zofen unter halb geschlossenen Lidern. Sie sog die Wangen nach innen und streckte den Hals möglichst lang und dünn.

«Unseren Beichtvater!», sagte Meryem.

Dolores drehte ihrem Publikum den Rücken zu, beugte sich vor und schlug sich mit beiden Händen aufs Hinterteil. «Genau!», rief sie.

Sie drehte sich wieder um. «Und wer bin ich jetzt?», rief

sie. Sie legte den Kopf schräg zur Seite, schob die Lippen vor und zog die Augenbrauen hoch, sodass sie erstaunt aussah. Sie beugte sich nach hinten, zog die Schultern zurück, stellte den einen Fuß kokett vor den anderen und legte eine Hand locker auf den Bauch, den anderen Arm ließ sie elegant neben dem Körper hängen.

«Doña Maria de Villages, die neue Gesellschaftsdame von Prinzessin Johanna!», riet Daleila.

«Ganz nahe», sagte Dolores. «Auf jeden Fall ist es eine Hofdame von Königin Isabella.»

«Beatriz de Bobadilla», sagte Johanna giftig. «Über diese Person will ich nichts mehr hören!»

Dolores drehte sich um und gab sich wieder einen Klaps aufs Hinterteil, ohne auf Johanna zu achten. «Genau!», sagte sie.

Der Hauslehrer von Johanna, der Ratsherr von König Ferdinand, Carmela, Don Frederico, der Chefkoch und ein alter Wächter am Tor passierten im Eiltempo Revue.

«Und wer jetzt?», rief Dolores dann.

Sie ließ die Schultern und den Kopf hängen, zog die Mundwinkel nach unten und zog ein trauriges und zugleich beleidigtes Gesicht.

Bevor die anderen es errieten, sagte Johanna: «Isabellas Trauer darfst du nicht verspotten.»

«Tu ich ja nicht», sagte Dolores. «Ich spiele eine Trauerweide.»

«Weiter», sagte Soraya.

«Hör auf, Dolores», sagte Johanna müde.

«Warum will Doña Johanna plötzlich nichts mehr von Doña Beatriz de Bobadilla hören?», fragte Dolores die maurischen Zofen, als die Prinzessin den Raum verlassen hatte.

«Weißt du das nicht?», sagte Daleila. «Unser ehrwürdiger König soll ein Auge auf die schöne Beatriz geworfen haben.»

«Ist er denn so ein Charmeur?», fragte Dolores erstaunt.

«Das wäre er wohl gern», sagte Daleila, «aber unsere Königin hat das zu verhindern gewusst.»

«Hast du noch nicht bemerkt, dass Doña Beatriz verschwunden ist?», fügte Soraya hinzu. «Die Königin hat ihre Hofdame auf die Insel La Gomera verbannt.»

«Die feine Beatriz scheint übrigens schon wieder ein neues Opfer gefunden zu haben», sagte Daleila.

«Wen denn?», fragte Aischa neugierig.

«Hast du diesen Abenteurer schon mal gesehen, der manchmal zum König zur Audienz kommt? Diesen Christoph Kolumbus? Es sieht aus, als sei er dem Charme der schönen Beatriz erlegen. Er ist nach La Gomera gefahren, um sie zu besuchen.»

Meryem steckte ihre Zeigefinger in Dolores' Ohren. «Du solltest nicht zu sehr auf diesen Klatsch hören», sagte sie lachend. «Das macht dich nur ganz verrückt.»

«Der Klatsch macht das Leben erst interessant», sagte Soraya. «Sonst ist es hier entsetzlich langweilig.»

⁂

Tanzen durfte man während der Trauerzeit nicht, und musizieren nur, wenn es sich um religiöse Musik handelte. Weil Prinzessin Johanna und Dolores diese Art von Musik beide nicht mochten, fassten sie ihre Musikinstrumente kaum noch an.

So oft sie konnte, suchte Dolores Zuflucht im Zimmer der maurischen Zofen. Manchmal fing sie an zu schreien, wenn sie über ihre Schwelle trat, lief stampfend durch das Zimmer und rief im Takt ihrer Schritte: «Hier ist es langweilig, langweilig, zum Sterben langweilig!»

«Das liegt an den beiden Isabellas», sagte Daleila, die auf einer Ruhebank lag und ungerührt Nüsse knabberte. «Sie sind heiliger als der Papst. Königin Isabella hat ein ganzes Jahr Trauer angeordnet.»

«Es hat aber einen Vorteil», sagte Soraya. «Wir brauchen wenigstens nicht mehr für den König und seine Gäste zu tanzen, als wären wir Haremsmädchen.»

«Mir gefällt es sehr, wenn ihr tanzt», sagte Dolores. «Ich möchte dann immer mittanzen.»

Dolores nahm einen langen Seidenschal und begann

einen Bauchtanz, drehte und wand sich zu einer imaginären Musik und schüttelte auf obszöne Art ihren kleinen runden Bauch.

«Für uns ist es eine Schande und Erniedrigung, wenn wir uns vor fremden Männer bloßstellen müssen», sagte Soraya. «Ich bin froh, dass wir eine Zeitlang erlöst sind.»

«Ich halte es nicht aus», sagte Dolores. «Ein ganzes Jahr still sein? Das kann ich nicht.»

«Es wird noch stiller werden in Toledo», sagte Daleila und fragte: «Wie lange bist du eigentlich nicht mehr in der Stadt gewesen?»

«Erst vorgestern bin ich noch mit Prinzessin Johanna und den anderen Königskindern durch die Straßen geritten, bis auf die andere Seite des Tores.»

«War Prinzessin Isabella auch dabei?», fragte Daleila.

«Natürlich nicht, die macht sich nichts aus ihren Geschwistern. Sie ist erwachsen und sucht immer nur die Gesellschaft ihrer Mutter.»

«Ist dir in der Stadt nichts aufgefallen?», wollte Daleila wissen.

«Es war ruhig in den Straßen.»

«Ungewöhnlich ruhig?»

«Vielleicht, ja.»

«Leere Läden?»

«Jetzt, wo du es sagst …», sagte Dolores nachdenklich.

«Siehst du, ich habe recht», sagte Daleila zu Soraya.

«Das bedeutet, dass viele Leute bereits weggezogen sind.»

«Warum ziehen sie weg?», fragte Dolores.

«Königin Isabella hat einen Befehl erlassen», sagte Daleila. «Alle Anhänger des Islam und Juden, die sich nicht zum Christentum bekehren wollen, müssen innerhalb eines Jahres die Stadt verlassen. Sie will Toledo säubern.»

«Säubern wovon?»

«Von allen unreinen Glaubensrichtungen», sagte Daleila scharf. «Der katholische Glauben ist doch schließlich der einzig wahre Glauben, nicht wahr?»

«Und was geschieht, wenn die Menschen sich weder bekehren lassen noch wegziehen wollen?», fragte Dolores.

«Da gibt es verschiedene Möglichkeiten», sagte Daleila. «In den Kerker werfen, aufhängen, verbrennen ...»

«Pass auf, was du sagst», sagte Soraya nervös.

«Warum?», sagte Daleila drohend. «Dolores wird nichts weitersagen, was innerhalb dieser Wände gesprochen wird, nicht wahr, Dolores?»

«Natürlich nicht», sagte Dolores schnell. «Ich schweige.»

In der Nacht träumte Dolores von einer giftschwarzen Wolke mit goldenem Rand, die wie eine Gewitterwolke über Toledo hing. Um sie herum schoben sich weiße Wolken über den Himmel, aber die Gewitterwolke blieb drohend hängen. In den düsteren Straßen gingen die Menschen schweigend und schwarzgekleidet Richtung Kathedrale. Die Kirche war voll. Die Christen und die bekehrten Islamgläubigen und Juden saßen brüderlich nebeneinander. Vorn in der Kathedrale, in einem Meer von Kerzen, stand Königin Isabella auf einem Podest. Sie trug einen blauen Mantel und ein weißes Kleid. Sie sah aus wie die Mutter Gottes, aber ihr Gesicht drückte weder Milde noch Erbarmen aus. Sie hatte sich den Gläubigen zugewandt und betrachtete streng alle Gesichter, die sich weiß gegen die dunklen Kleider abhoben. Die Königin sah aus wie ein Racheengel. In der einen Hand hielt sie einen Stab, der kürzer oder länger werden konnte, sodass er bis ganz hinten in der Kirche reichte. Der Priester fing an, auf Lateinisch zu singen. Die Gemeinde antwortete. Königin Isabella tippte mit ihrem Stab auf die einzelnen Menschen, die nicht mitsangen, und schickte sie hinaus. Jedes Mal, wenn das passierte, erschütterte ein Donnerschlag die Kathedrale bis in die Grundmauern, und durch die bunten Glasfenster leuchtete grell ein Blitz.

Schweißgebadet wachte Dolores auf. Im Zimmer war es stockdunkel. Die Zwischentür stand offen, sie hörte Johanna im Nebenzimmer im Schlaf sprechen.

Dolores stand auf und ging in Pantoffeln zu Johannas hohem Bett. Durch die Spalten in den Vorhängen fiel kaum Licht. Das Gesicht der Prinzessin wurde leicht vom Schein der Kerze auf dem Beistelltisch erleuchtet. Ihre Augen waren weit geöffnet, aber Dolores wusste, dass sie schlief.

«Wer gibt dir das Recht?», sagte Johanna. «Auch wenn du alle Sterne des Himmels an deinem Mantel trägst, bist du doch noch lange nicht die Mutter Gottes. Du bist grausam, Mutter. Was wird mit all diesen Menschen geschehen?» Und jammernd wiederholte sie: «Was wird bloß geschehen?»

Erschrocken betrachtete Dolores das Gesicht ihrer Herrin. Sie träumt von ihrer Mutter, dachte sie. Genau wie ich.

Der erste Schnee

Es war Dezember, der Winter war gekommen. Seit Jahr und Tag war es in Kastilien nicht mehr so kalt gewesen. Dolores ging mit Johanna in einem der Innenhöfe des Schlosses spazieren. Auf dem Gartenteich hatte sich eine dünne Eisschicht gebildet. Dolores bückte sich und legte erstaunt ihre Hände auf die glatte Oberfläche. Sie wollte gerade vorsichtig einen Fuß auf das Eis setzen, als Johanna sie an ihrem Mantel zurückzog.

«Bist du verrückt?», sagte sie. «Wenn das Eis bricht und du darunter verschwindest, bist du tot, bevor wir dich erwischen können.»

«Eis? So ein großes Stück Eis habe ich noch nie gesehen», sagte Dolores. «Es ist so glatt.»

«Wenn es weiter so friert, können wir vielleicht eine Rutschbahn auf dem Teich machen», sagte Johanna. Die Prinzessin betrachtete unruhig den perlgrauen Himmel. Sie zog tief die Luft durch die Nase ein und hielt prüfend eine Hand hoch.

«Worauf wartest du, Johanna?», sagte Dolores.

«Auf Schnee», sagte Johanna.

«Hier schneit es doch nicht.»

«Hast du noch nie Schnee gesehen?», fragte Johanna. «Auch nicht den Schnee, der auf den Bergen der Sierra Nevada liegt? Du weißt ja nicht, was du versäumt hast, Dolores. Schnee ist das Schönste und Reinste, was es auf der Welt gibt.»

«Aber wie ist er denn?»

«Kennst du Hagel?», fragte Johanna.

«In Biar hat es mal gehagelt», sagte Dolores. «Hagel ist hart, weiß und kalt. Es sind Eiskügelchen, die vom Teufel auf die Erde geworfen werden. Es war Frühjahr, als es hagelte und alle jungen Pflänzchen vernichtet wurden.»

Johanna lachte. «Wie schön du das wieder sagst, Dolores. Weißt du, wenn der Hagel vom Teufel gemacht wird, dann wird Schnee von den Engeln gemacht. Schneeflocken sind weich. Sie machen nichts kaputt. Im Gegenteil, sie schützen die jungen Pflänzchen gegen die frostige Kälte. Wenn es geschneit hat, ist die Welt mit einer weichen weißen Decke bedeckt. Alles sieht viel schöner aus. Es gibt keine scharfen Konturen mehr. Alle Geräusche klingen gedämpft: Pferdegetrappel, Geschrei, das Rattern von Rädern, man hört es fast nicht.»

«Fällt er vom Himmel, wie Hagel?»

«Ja, aber viel sanfter. Schneeflocken schweben wie Daunenfedern herunter.»

Den ganzen Tag wartete Prinzessin Johanna auf den Schnee. Entgegen ihrer Gewohnheit passte sie im Unterricht nicht auf und schaute ständig aus dem Fenster. Der Himmel war gleichmäßig grau, aber keine Flocke fiel herab.

«Was ist los, Hoheit?», fragte Doña Galindo, ihre Lehrerin.

«Meine Füße sind eiskalt», sagte Johanna. «Bestimmt wird es schneien.»

«Es schneit nur selten in Toledo», sagte Doña Galindo.

Als sie abends ins Bett gingen, hatte es immer noch nicht geschneit. Prinzessin Johanna stand im Nachthemd, ein Tuch um die Schultern gelegt, am Fenster. Sie hatte Meryem gebeten, die Vorhänge offen zu lassen.

«Du kannst ruhig schlafen gehen, Dolores», sagte sie, «ich werde dich wecken, wenn es anfängt.»

Am frühen Morgen, lange bevor die Kirchturmuhr sechs Uhr schlagen würde, schüttelte Johanna Dolores wach. «Es schneit!», sagte sie.

Johanna zog die verschlafene Dolores hinter sich her in ihr Zimmer. «Siehst du diesen orangefarbenen Schein?», sagte sie. «Das ist Schneelicht!»

Johanna schob Dolores vor das Fenster, stellte sich hinter sie und legte ihr die Hände auf die Schultern. «Erzähl mir, was du siehst, Dolores», sagte sie.

Dolores war jetzt hellwach. Sie betrachtete die Flocken, die vom Himmel herunterwirbelten.

«Sie sehen aus wie kleine graue Wolkenstücke, die sich losreißen und herunterhüpfen», sagte Dolores erstaunt.

«Wie findest du das?», fragte Johanna stolz, als hätte sie den Schnee selbst gemacht. «Wenn sie auf dem Boden ankommen, werden sie zu einem schönen Teppich.»

«Es ist großartig», sagte Dolores.

«Wecke Meryem», sagte Johanna. «Sag ihr, sie soll sich warm anziehen und hierherkommen.»

«Warum?», fragte Dolores.

«Sie soll Catharina wecken und anziehen. Ich werde mich allein ankleiden. Wir gehen noch vor der Messe hinaus.»

Dolores lief mit einer Kerze in der Hand durch die Zimmer, die wegen des Schnees draußen seltsam hell waren. Leise öffnete sie die Tür zum Zimmer der maurischen Zofen. Die Mädchen schliefen friedlich. Auf Zehenspitzen schlich Dolores zu Meryems Bett. Im weichen Kerzenlicht war sie noch schöner. Dolores tat es leid, sie aufwecken zu müssen. Sie blies ihr ins Gesicht. Meryem blinzelte, schlief aber weiter. Dolores packte sie an den Schultern und schüttelte sie. Meryem stieß einen erschrockenen Schrei aus. Sie fuhr hoch, saß aufrecht im Bett und schlug nach Dolores. Diese konnte sich gerade noch rechtzeitig ducken.

«He», sagte Dolores. «Nicht schlagen. Ich bin es.»

«Dolores?», sagte Meryem. «Was treibst du hier? Mach so etwas nie wieder, hörst du!»

Auch die anderen Mädchen waren bei dem Lärm aufgewacht und erkundigten sich verschlafen, was eigentlich los sei.

Dolores ging zum Fenster und zog die Vorhänge zurück. «Schaut!», sagte sie.

Eine nach der anderen stiegen sie aus dem Bett und schauten hinaus.

«Wie schön ...», sagte Meryem.

«Wunderschön», sagte Daleila.

«So viel Weiß in dunklen Zeiten», sagte Djauhara mit Grabesstimme. «Wie ist das möglich?»

«Was ist es?», sagte Soraya.

«Ich glaube, das ist Schnee», sagte Aischa. «Ich habe mal davon gehört.»

«Ja, es ist Schnee», sagte Dolores. «Und ich soll Meryem holen, damit sie Catharina anzieht. Prinzessin Johanna hat gesagt, wir würden noch vor der Messe hinausgehen.»

«Dürfen wir auch mit?», fragte Soraya.

«Prinzessin Johanna hat nur nach Meryem geschickt», sagte Dolores.

«Was hast du, was wir nicht haben?», fragte Daleila eifersüchtig.

Prinzessin Johanna hielt die kleine Catharina an der Hand. Zusammen mit Meryem und Dolores liefen sie durch die Zimmer. An der Tür standen zwei Wächter, die die kleine, gespensterhafte Gruppe erstaunt näher kommen sahen. Nach einer kurzen Verhandlung mit Prinzessin Johanna fand sich einer der Wächter bereit, mit ihnen nach draußen zu gehen.

Es hatte aufgehört zu schneien. Am Himmel leuchteten die Sterne, und über den Boden war ein jungfräulich weißer Teppich gebreitet. Prinzessin Catharina bückte sich und nahm etwas Schnee in ihre kleinen Hände.

«Kalt», sagte sie erstaunt.

«Du hast schon Schnee auf den Bergen liegen sehen, aber angefasst hast du ihn noch nie, nicht wahr?», sagte Johanna. «Ich werde dir zeigen, was du mit Schnee alles machen kannst.»

Johanna formte aus zwei Handvoll Schnee einen Schneeball. Dolores, Meryem und Catharina schauten aufmerksam zu.

«Wer von euch dreien?», fragte Johanna mit einem herausfordernden Lachen. «Dolores!»

Der Schneeball traf Dolores an der Brust.

Es dauerte nicht lange, und die Mädchen hatten das Spiel verstanden. Sie bewarfen sich gegenseitig mit Schneebällen und tollten laut lachend im Garten herum.

Der Schnee flog in alle Richtungen. Johanna warf händeweise lockeren Schnee nach Catharina, und Catharina warf ebenso lockeren Schnee zurück. Eine Schneeladung Meryems traf Johanna im Nacken. Dolores wagte es sogar, einen Schneeball nach dem Wächter zu werfen. Dann hüpfte sie auf Händen und Füßen herum und rief: «Schaut doch, ich bin ein Schneefloh!»

Johanna, Meryem und Catharina mussten so lachen, dass sie fast in den Schnee rollten, und Dolores hüpfte weiter herum wie ein verrückt gewordener Käfer.

Johanna hob die Hand hoch, als alle außer Atem waren. «Halt! Jetzt etwas anderes ...», sagte sie keuchend.

Sie formte einen dicken Schneeball und begann, ihn über den Boden zu rollen.

«Wir machen einen Schneemann», sagte sie. «Catharina und ich rollen den Bauch, Meryem macht die Brust und Dolores den Kopf.»

Die vier Mädchen arbeiteten schwer. Sie bauten einen riesigen Schneemann. Er war ein ganzes Stück größer als Meryem. Für die Augen und die Nase nahmen sie drei dicke Hagebutten und für den Mund eine kleinere Reihe Hagebutten.

«Jetzt fehlt noch ein Hut», sagte Johanna.

Sie nahm ihren eigenen Hut ab und setzte ihn resolut auf den Kopf des Schneemannes. Catharina klatschte in die Hände. Dolores sprang um den Schneemann herum und sang aus voller Kehle:

«Wir bauen einen Mann aus Schnee,
aus Schnee, aus Schnee, aus Schnee!»

Catharina, Johanna und Meryem machten es ihr nach, sie tanzten mit ihr herum und sangen ebenfalls:

«Wir bauen einen Mann aus Schnee,
aus Schnee, aus Schnee, aus Schnee!»

Die Kirchturmuhr schlug sechs. Niemand achtete auf die Zeit. Der Wächter schaute den spielenden Mädchen lachend zu.

«Ich weiß noch etwas», sagte Meryem. «Früher, als ich noch in El Hamma wohnte, haben wir Engel im Sand gemacht. Wir könnten ja auch einen Engel im Schnee machen.»

«Wie macht man das?», fragte Johanna.

Meryem legte sich auf den Rücken, mit weit ausgebreiteten Armen und Beinen. Langsam machte sie ihre Arme und Beine auf und zu, auf und zu. Als sie sich wieder aufstellte, konnte man im Schnee den Abdruck eines Kopfes erkennen, ein weites Kleid und zwei Flügel.

«Das sieht eher aus wie ein Schmetterling», sagte Catharina und wandte sich bittend an Johanna. «Darf ich das auch machen?»

«Wir machen es alle», sagte Johanna.

Dann lagen die vier Mädchen im Schnee, schlugen mit den Armen und den Beinen und schauten hinauf zum Himmel, zu dem vollen Mond und den Sternen. «Schaut doch», sagte sie, «der Mond hat das Gesicht meines Prinzen. Er blickt zu mir herunter. Ich hoffe, dass es oft schneit in dem Land, wo er herkommt.»

Es wurde Viertel vor sieben, und die Glocke der Kapelle läutete zum Zeichen, dass die Messe bald beginnen würde.

«O weh, wir kommen zu spät!», rief Johanna. «Catharina, komm her.»

Johanna klopfte hastig den Schnee von Catharinas Kleidern. «Wir müssen zur Messe», sagte sie. «Meryem, sorge dafür, dass Dolores anständig aussieht.»

Als Königin Isabella und König Ferdinand an diesem Morgen durch die Galerie zur Messe in der Kapelle des Alcázar gingen, sahen sie einen riesigen Schneemann mitten im Garten stehen.

«Wer hat den gemacht?», fragte Königin Isabella.

«Vielleicht Küchenmägde», meinte König Ferdinand.

«Nachts darf doch niemand aus dem Haus? Und woher haben sie den schönen Hut?»

«Vielleicht in irgendeiner Truhe gefunden?»

«Es ist Johannas neuer schwarzer Hut», sagte Königin Isabella nachdenklich.

Sie blickte sich mit scharfen Augen um, als sie durch

den Mittelgang in die Kapelle trat. Ihr fiel auf, dass Meryem ungewöhnlich rote Wangen hatte. Ihre Haare waren nass, und ihr Mantel war feucht. In der ersten Reihe auf der Frauenseite saßen die Prinzessinnen Johanna und Catharina und die Zwergin Dolores, ihre Haare und ihre Kleider waren ebenfalls feucht. Johanna trug keinen Hut. Königin Isabella brauchte die Täter nicht länger zu suchen. Die blühenden Rosen auf den Wangen der Mädchen sagten ihr genug.

Dieses eine Mal beschloss sie, nachsichtig zu sein und so zu tun, als habe sie nichts bemerkt. Schließlich schneite es in Toledo nur alle paar Jahre einmal. Der Schnee erinnerte sie an einen schönen Wintertag – vor langer, langer Zeit …

Ich mochte den Schnee auch, als ich noch jung war, dachte sie über sich selbst erstaunt.

* * *

«Schmelzender Schnee ist schrecklich», sagte Johanna. Sie stand am Fenster und betrachtete die immer kleiner werdenden Schneeflecken auf den Hügeln und den Dächern und den bräunlichen Matsch in den Straßen von Toledo.

«Was passiert bloß mit dieser Stadt?», klagte sie. «Jede Farbe verschwindet aus den Straßen. Die Läden sind leer. Wohin gehen all die Menschen?»

Meryem legte ein Kleid Johannas zusammen und verstaute es in einer Truhe. Sie wagte nicht zu antworten.

«Die Mauren gehen zurück nach Arabien, und auch die Juden verlassen die Stadt», sagte Dolores.

«Und wessen Schuld ist das?», bemerkte Johanna bitter.

Dolores und Meryem schauten sich erschrocken an.

«Tut doch nicht so, als wüsstet ihr das nicht! Es ist natürlich die Schuld meiner Mutter! Sie möchte Kastilien und Aragón von Ketzern säubern. Ihr edles Land ist nur für Katholiken da, wusstet ihr das nicht? Das hat sie mit dem Papst und mit Gott persönlich ausgehandelt.»

Dolores und Meryem antworteten nicht.

«Würdest du auch zurückgehen wollen, Meryem?», fragte Johanna streng.

«Auch wenn ich es wollte, könnte ich es nicht mehr, Hoheit.»

«Warum nicht?»

«Ein Mädchen wie ich kann doch nicht allein reisen!», sagte Meryem. «Und wohin sollte ich denn gehen? Ich weiß nicht, wo meine Familie geblieben ist.»

«Glaubst du noch an Allah?», fragte Johanna.

«Ich bin Christin, Hoheit», sagte Meryem schnell.

«Ist es nicht schwierig, an einen Gott zu glauben, der den Mauren und den Juden so etwas antut?»

«Darüber habe ich noch nicht nachgedacht», sagte Meryem.

«Dann denke am besten auch gar nicht darüber nach», sagte Johanna. «Wenn du anfängst, darüber nachzudenken, wird es schwierig.»

«Was wird schwierig?», fragte Dolores.

Doña Johanna gab ihr keine Antwort. Stattdessen sagte sie: «Siehst du etwa, was ich sehe, Dolores? Siehst du Meryem und die anderen Zofen vielleicht auf einem Teppich knien? Hörst du sie in einer fremden Sprache beten?»

Dolores' Augen weiteten sich. Sie dachte an die Drohgebärde, die Djauhara gemacht hatte, und presste die Lippen fest zusammen.

«Bin ich denn die Einzige, die Meryem auf einem Teppich hat beten sehen?», fragte Johanna.

Dolores warf Meryem einen erschrockenen Blick zu. Meryem, die Wasser in eine Schüssel goss, fiel beinahe die Kanne aus den Händen. Sie war leichenblass geworden.

«Du kannst ganz ruhig sein», sagte Johanna, «ich bin nicht meine Mutter. Und ich kann schweigen. Kannst du auch schweigen, Dolores?»

Dolores nickte heftig.

«Ich glaube dir», sagte Johanna ernst. «Du kannst schweigen, wenn es wirklich nötig ist.»

Und zu Meryem sagte sie: «Pass auf, dass dich sonst niemand ertappt, wenn du noch einmal das Bedürfnis hast, auf deinem Teppich zu knien und zu deinem Gott zu beten. Nicht jeder versteht das. Und pass vor allem auf, wenn meine Schwester Isabella in der Nähe ist. Die ist noch heiliger als der Papst.»

⁂

Im folgenden Jahr verließen viele Mauren und Juden Toledo. Mit ihnen verschwanden auch die Farben und Gerüche aus der Stadt. Im Monat November dieses traurigen Jahres wurden Doña Johanna und Dolores dreizehn.

König Ferdinand und Königin Isabella hatten das ganze Jahr über Pläne geschmiedet, um endlich die belagerte Stadt Granada von den Mauren zurückzuerobern. Im Alcázar waren kampflustige Edelleute und hohe Armeeangehörige aus und ein gegangen. Zusammen mit Gutierre de Cárdenas, dem Befehlshaber von León, wurde ein strategischer Plan entwickelt, um König Boabdil, den letzten Maurenkönig, zur Aufgabe zu zwingen.

Und dann war es so weit: Ende November reiste der königliche Hofstaat wieder in einer langen Karawane Richtung Granada. Überall summte es wie in einem Bienenschwarm. Granada musste fallen. Diesmal war es sicher.

Dolores saß auf dem Rücken ihres kleinen Esels Pepito und folgte gelassen Johannas Maultier.

Granada

In Granada, der Stadt von König Boabdil, gab es inzwischen beunruhigende Vorzeichen, die den Untergang der Stadt vorherzusagen schienen. Am hellichten Tag drangen drei graue Wölfe über die Puerta de Elvira in die Stadt. Auf dem Platz vor der Moschee fingen sie an, auf Leben und Tod miteinander zu kämpfen. Der Wolf, der gewonnen hatte, zerfetzte die beiden anderen.

König Boabdil schaute aus einem Fenster der Alhambra und sah, was passierte. Er rief seine Ratsherren zusammen und fragte sie erschrocken, was dieser Kampf bedeuten solle. Die Ratsherren schwiegen. Erst nach geraumer Zeit traute sich der Ratsherr Alatar zu sprechen.

«Ich werde es erklären, Herr, wenn Sie mich am Leben lassen ... Die drei Wölfe sind die drei Religionen, welche über die Welt herrschen. Der eine Wolf steht für den Islam, der andere für das Judentum, und der dritte ist das Christentum, das über die anderen beiden siegen wird.»

Während der Rat bestürzt beisammensaß, reparierten Handwerker den Turm der Festung. Einer von ihnen hieb mit seinem Pickel zu tief in die Mauer des Turms, und die Wetterfahne stürzte donnernd herab. Im Sockel der Wetterfahne, die wie ein Reiter geformt war, verbarg sich eine bedrohliche Inschrift, die Unglück und Vernichtung vorhersagte.

Innerhalb der Mauern der befestigten Stadt verbreitete sich das Gerücht schnell: Granada würde fallen!

Granada wurde schon seit Jahren belagert. Die fruchtbaren Ländereien um die Stadt herum waren verwahrlost. Auf der Ebene, die von Flüssen und Bächen mit blauen Linien durchzogen wurde, wuchs fast nichts mehr. Die Bauern konnten das besetzte Land nicht mehr bearbeiten, denn keiner konnte die belagerte Stadt betreten oder sie verlassen.

Granada, eine Stadt mit starken Türmen und festen Mauern, war schwer einzunehmen.

Aber Mauern leiden nicht unter Hunger. Menschen schon. Die Stadt war wie eine glänzende Pferdebremse, der ein Kind die Flügel ausgerissen hatte. Die Bremse summte und machte lustige Luftsprünge, die das Kind zum Lachen brachten. Es würde noch eine ganze Weile dauern, bis die Bremse verstehen würde, dass sie nicht mehr fliegen konnte.

Eine Bremse ohne Flügel stirbt nicht, weil ihr die Flügel ausgerissen wurden. Sie stirbt langsam am Hunger. König Boabdil wurde klar, dass er eine List brauchen würde, um den Menschen zu zeigen, worin die Bedrohung lag. Worte würden sie als Verrat betrachten. Eines Tages stellte er in die Mitte eines großen Teppichs eine silberne Schale voller Gold. Er lud alle ein, sich die Schale zu holen, ohne den Teppich mit den Füßen zu berühren. Wer die Schale auf diese Art holen könne, dürfe sie behalten. Es gab genug Glücksritter, die es versuchten, aber niemand schaffte es, diese Aufgabe zu erfüllen. Daraufhin kniete sich König Boabdil auf den Boden und rollte den Teppich zusammen, bis er die Schale ergreifen konnte. Dann schaute er seine Untertanen an und sagte: «Genau so hat es König Ferdinand gemacht!»

Boabdil wartete. Tagelang beobachtete er die Gesichter seiner Ratsherren, seiner Kammerherren, seiner Diener …

In der Stadt wurden die Menschen unruhig. Ein Aufwiegler hetzte das Volk zum Aufruhr an. Mit anklagendem Finger deutete er auf die Alhambra.

«Der König lässt sich nicht mehr sehen», sagte er. «Der Feigling verbirgt sich in seinem Palast. Er isst Datteln, Nüsse und Feigen, während wir verhungern. Wir dürfen uns nicht länger innerhalb der Stadtmauern einschließen, sondern die Christenhunde in ihrem eigenen Lager bekämpfen.»

Boabdil träumte, dass sich die blauen Adern um seine Stadt rot färbten vom Blut der Einwohner Granadas. Flammen leckten am satinblauen Nachthimmel. Granada brannte lichterloh. Die Alhambra verwelkte wie eine Blume im Feuer. Über das Prasseln der Flammen hinaus hörte Boabdil das Wehklagen der Frauen.

Boabdil, der letzte König der Mauren, wählte am folgenden Morgen mit unfehlbarem Instinkt drei Männer aus. Er erzählte ihnen die Geschichte des herzlosen Kindes und der glänzenden Fliege ohne Flügel.

Granada glänzte wie ein Juwel im Abendlicht. Der Tross machte halt. Sogar die Maultiere und die Pferde standen still. Die Sonne wurde zu einem bedrohlichen Feuerball. Niemand aus Ferdinands und Isabellas Gefolge konnte verstehen, warum die Sonne jeden Abend unterging und wo sie hinging, wenn sie am Rand der Welt in die Tiefe sank. Es war Dezember 1491: Die Erde war noch der Mittelpunkt, um den sich alles drehte.

Johanna hielt die Luft an. Verzaubert betrachtete sie die Silhouette der Märchenstadt. Sie zog an den Zügeln und ließ ihr Maultier eine kleine Drehung nach links machen, während sie über die Schulter nach Dolores schaute, die üblicherweise jede Bewegung ihrer Herrin übertrieben nachahmte. Jetzt zog sie zu heftig an den Zügeln. Pepito bockte, schlug mit den Hinterbeinen aus, machte einen Satz und blieb in der entgegengesetzten Richtung stehen. Die Pferde in seiner Nähe bäumten sich auf, unterdrücktes Fluchen war zu hören, da und dort ein Lachen. Dolores fuchtelte mit ihren kurzen Armen und Beinen, um nicht von ihrem Esel zu fallen. Schließlich fasste sie sich wieder und betrachtete das Bild, das Johannas Aufmerksamkeit gefesselt hatte: Es waren die beschneiten Berggipfel der Sierra Nevada, die in der Abendsonne grell aufglühten.

«Ooh», seufzte Dolores und hob entzückt die Hände. Da sah sie den Geistlichen hoch über sich auf seinem Pferd. Er machte ein strenges Gesicht und legte den Zeigefinger auf seine dünnen Lippen. Unwillkürlich wiederholte Dolores seine Geste. Dann zog sie heftig am Zügel, und Pepito landete mit dem gleichen Bocksprung wie vorher wieder in der richtigen Richtung.

Johanna beachtete die Unruhe nicht, die von ihrer Närrin verursacht worden war. Sie blinzelte und holte tief Luft. «Weiß», sagte sie, «reines und makelloses Weiß. Aber leider liegt kein Hauch von Schnee in der Luft. Der Wind weht Richtung Berge.»

Sie richtete ihren hoffnungsvollen Blick wieder auf Granada.

«Vielleicht wird diese Stadt unser neues Zuhause», sagte sie. «Es muss herrlich sein, sich in einem Zimmer des Palastes mit Aussicht auf die beschneiten Berggipfel auszuruhen. Vielleicht brauchen wir jetzt nie mehr über die staubigen Straßen von Kastilien und Aragón zu ziehen. Ich habe es satt, in den zugigen Schlössern anderer Menschen zu Gast zu sein.»

Johanna sah zu, wie ihre Mutter ihr Maultier anspornte und es vorwärtstrieb, bis es neben ihrem Ehemann zum Stehen kam. Sie konnte nur ihren geraden Rücken sehen, den schwarzen Mantel, der elegant über dem Hinterteil des Maultieres drapiert war. Das Gesicht der Königin Isabella sah sie nicht, aber sie konnte es sich vorstellen: gerötet von der beißenden Kälte, blaue Augen, blonde Haare, Lippen, die sich zu einem triumphierenden Lächeln schürzten.

Johanna warf einen verstohlenen Blick zu ihrer ältesten Schwester Isabella hinüber, die in einer gewissen Entfernung auf ihrem Maultier saß. Zum ersten Mal war Isabellas Hautfarbe wieder so rosig wie die ihrer Mutter. Lange Zeit war sie wegen ihres Schmerzes um Alfonso blass gewesen. Zu lange hatte sie das Tageslicht gescheut, und zu häufig hatte sie in der Kapelle des Alcázar in Toledo gekniet und gebetet. Die lange Reise an der kalten Luft hatte ihr offensichtlich gutgetan. Ihre Haare wuchsen wieder und sahen voller und glänzender aus denn je.

«Die sieht nicht mehr aus wie eine gerupfte Gans», sagte Johanna höhnisch zu Dolores. «Bald ist sie wieder die stolze Schönheit der Familie.»

«Aber nicht doch», sagte Dolores. «Prinzessin Isabella ist ein blasses Huhn. Du bist die Schönste.»

«Meine blasse Schwester, die ihre Haare wegen eines Mannes bis auf den Schädel abgeschnitten hat …», sagte Johanna. «Ich kann mir nicht vorstellen, dass ich je so etwas tun würde. Na ja, zum Glück ist sie nicht mehr krank und kraftlos. Vielleicht dürfen wir in nicht allzu langer Zeit die Trauerzeit beenden. Ich habe das ewige Schwarz mehr als satt.»

Die Sonne war inzwischen völlig verschwunden. Granada glühte wie ein Granatapfel, nach dem die Stadt benannt war, orange und wie gebrannter Ocker. Auf Befehl König Ferdinands wendete die Gesellschaft ihre Reittiere. Hintereinander ritten sie zurück zum Lager in Santafé.

Durch die Straßen und über die Plätze Granadas blies ein eisiger Wind, der von der Sierra Nevada herüberkam. Manche Bewohner der Stadt zitterten im Schlaf, andere wurden wach von dem kalten Wind, der durch die Ritzen heulte.

Es war der 2. Januar 1492, zwei Uhr nachts. Gutierre de Cárdenas, Befehlshaber von León, hatte das Lager in Santafé in einer geheimen Mission verlassen. Der Wind stand günstig. Er kam aus Nordwest und würde das Geräusch, das die vierhundert Soldaten beim Gehen machten, nach Santafé zurückwehen.

Im Schlaf hörten die Christen Soldaten marschieren. Manche träumten vom Sieg. Johanna sah sich nachts in einem Palastgarten herumlaufen, tief den betörenden Duft des Jasmins einatmend. Dolores hatte einen Albtraum: Sie hörte die Fußstapfen der Soldaten über die Erde stampfen und flüchtete. Sie fiel hin und wachte mit einem Ruck auf.

Zwei maurische Unterhändler, die in dieser kalten Nacht wie afrikanische Vögel zitterten, wiesen dem Befehlshaber von León und seinen Soldaten einen geheimen Schleichweg in die Stadt. Sie hatten das Gefühl, ihr Nest zu verraten. Bei jedem Schritt redeten sie sich ein: Wir geben auf, wir geben sowieso auf, es ist nutzlos, das Blut unserer Leute zu vergießen ... Als König Boabdil ihnen das gesagt hatte, hatte es sich sehr vernünftig angehört.

Die maurischen Unterhändler führten die kleine Armee des Befehlshabers erst Richtung Osten, dann südwärts in einem weiten Kreis. Die einzige Brücke über den Genil ließen sie links liegen, weil sich diese zu nah bei der Stadtmauer befand. Keine Fackel leuchtete dem kleinen Heer, kein Wort wurde gesprochen. Wenn sie jetzt von den Wächtern auf der Stadtmauer entdeckt würden, würde alles dennoch in einem Blutbad enden.

Jenseits der Stadtmauer durchwateten die Männer den Fluss. Auf der anderen Seite wartete ein dritter Maure. Er trug den Schlüssel zu einem kleinen Eisentor in der Stadtmauer.

Die Sonne ging auf, der Wind hatte sich etwas gelegt. Der Schlüssel drehte sich im Schloss, und die Soldaten gingen durch die Mauer wie ein Geisterheer.

Einer der drei Mauren ging geradewegs zu Boabdil. Der König erwartete ihn in der Alhambra.

Es war kein Siegesschrei, es wurde dem König als Seufzer ins Ohr geflüstert: Die Mission war vollbracht.

Der Blick Boabdils schnitt dem Botschafter durchs Herz. Mit Tränen in den Augen kehrte er zurück, um Gutierre de Cárdenas zu holen. Er führte ihn durch ein Labyrinth aus Gängen, Treppen, Zimmern und Patios, vorbei an den langgestreckten Teichen eines Innenhofs, vorbei am Löwenbrunnen. Er sah die traurigen Rosenstöcke in den Gärten, die bezeugten, dass es im maurischen Granada nie mehr Sommer werden würde.

In dem reichgeschmückten Thronsaal, dem nördlichen Turm von Comares, übergab Boabdil dem Befehlshaber die Schlüssel der Festung.

Der Befehlshaber und sein Schattenheer nahmen die Alhambra in einem Überraschungsangriff ein. Der Befehlshaber stellte auf jedem Turm und an jedem Tor Wächter auf. Er befreite die Hunderte von Christen, die von den

Mauren in den Kerkern gefangen gehalten wurden. Als die Lage sicher genug erschien, verwandelte man die Moschee mit einigen Kunstgriffen in ein Gotteshaus. Beim feierlichen Gottesdienst weinten die befreiten Männer gerührt. Die Dauer ihrer Gefangenschaft konnte man an der Länge ihrer verlausten Bärte messen.

Das Gesicht von Gutierre de Cárdenas, eines kleinen, etwas untersetzten Mannes, war rot und glänzend. Er fuhr sich mit der Zunge über die trockenen Lippen. Wenig Blut. Gerade genug, um den Sieg zu schmecken. Die Alhambra, das letzte Bollwerk der Mauren in Europa, war endlich in Händen der Christen. Es war neun Uhr vormittags.

An jenem Morgen in Santafé schien die klare Luft vor Erwartung zu knistern. Die Menschen starrten zum Horizont und lauschten, aber auch jetzt drang kein Kriegslärm an ihre Ohren.

Die sechsjährige Catharina kam als Erste aus den königlichen Zelten. Sie ging an der Hand Sorayas und war als orientalische Prinzessin verkleidet. Ihr folgte Dolores, die fröhlich herumhüpfte. Die kleine Närrin trug eine rosafarbene Pluderhose und eine Art Tunika. Kurz darauf erschienen König Ferdinand, Königin Isabella, Kronprinz Juan und die Prinzessinnen Isabella, Johanna und Maria. Auch sie hatten auf Befehl des Königs ihre Trauerkleidung abgelegt. Alle betrachteten das als ein Zeichen. Hofdamen öffneten ihre Truhen und lüfteten Kleidungsstücke, Stallknechte bürsteten Pferde und Maultiere, Soldaten putzten ihre Waffen. Die Stadt, die am Tag zuvor noch einem verwahrlosten Treffpunkt für Krähe und Raben geglichen hatte, wurde in kurzer Zeit in einen Platz für exotische Vögel verwandelt.

Gegen elf Uhr erschien in der Ferne eine rote Staubwolke. Kurz danach ritt ein Bote mit großer Geschwindigkeit durch die Straßen.

Das Gerücht wurde zur Wahrheit: Granada war gefallen!

Es gab wenig Zeit zum Jubeln. Erzbischöfe, Bischöfe, Herzöge, Marquisen und Grafen, die Äbte der großen Klöster, Hofleute und Ratsherren des Königspaares, Schreiber, Soldaten und Tausende von Neugierigen: Alle waren herbeigeeilt. Um zwölf Uhr mittags würde das Königspaar in die eroberte Stadt einziehen.

Es wurde ein beeindruckender Aufzug. Das ganze Gefolge trug Mäntel im orientalischen Stil, die man für diesen besonderen Anlass aufbewahrt hatte. Vom Königspaar über die Kardinäle und Soldaten bis hin zu den Soldatendirnen schienen alle ein erwartungsvolles Lächeln im Gesicht zu tragen. Als sie sich der Stadtmauer von Granada näherten, ritt König Ferdinand voraus, zusammen mit Kronprinz Juan und den Männern, die die Herrschaft über die Stadt übernehmen würden. Die Königin blieb mit ihren vier Töchtern und den Hofdamen in sicherer Entfernung zurück.

In der Alhambra wurden siebzehn Banner von besiegten christlichen Heeren gefunden. Der Befehlshaber von León ließ sie an den Mauern der Festung anbringen. Bei jedem Banner, das ausgerollt wurde, stiegen Ooohs und Aaahs aus der großen Gesellschaft auf.

Als König Boabdil seine verlorene Stadt durch den Turm der sieben Zinnen verließ, gab er seinen letzten Befehl: Er ließ das Tor zumauern. Danach legte er seine Privilegien ab. Er erlaubte seinen Rittern nicht, seine Füße und Steigbügel zuzudecken, wie sie es sonst getan hatten, als er und sein kleines Gefolge ihre Pferde durch eine Furt im Genil führten.

Auf der anderen Seite wartete König Ferdinand. So weit das Auge reichte, sah König Boabdil auf dem Hügelrücken eine große Menschenmenge. Die Banner von Kastilien und Aragón wehten im Wind. Boabdil wollte von seinem Pferd heruntersteigen, um Ferdinand zu begrüßen, doch dieser gab ihm zu verstehen, dass dies überflüssig sei. Boabdil ergriff Ferdinands Hand und wollte sie küssen, aber König Ferdinand zog seine Hand zurück. Der Kuss landete irgendwo auf seinem Ärmel.

«Wem vertrauen Sie die Bewachung von Granada an?», fragte Boabdil.

König Ferdinand deutete auf den Mann an seiner rechten Seite: «Dem Grafen Tendilla.»

Boabdil nahm einen Ring von seinem Finger. Zum letzten Mal betrachtete er den Türkis mit der arabischen Inschrift:

ALLAH IST DER EINZIG WAHRE GOTT,
HIER IST DAS SIEGEL VON ABEN ALI ABDILEH

Boabdil überreichte Graf Tendilla den Ring, zusammen mit dem Schlüssel der Stadt. «Nehmen Sie, mein Herr. Ich und die Menschen darin sind von nun an unter Ihrer Herrschaft.»

Zu Beginn seines zehn Jahre dauernden Kampfs um Granada hatte König Ferdinand von Papst Sixtus ein silbernes Kreuz bekommen. Dieses wurde nun auf dem hohen Torre de la Vela befestigt, neben den Fahnen mit den Wappen von Kastilien, León und Aragón. Gutierre de Cárdenas hob die Fahnen der Kreuzritter von Santiago hoch. Es dämmerte und war windstill. Purpurrote Wolken lösten sich am grünlichen Himmel auf. Alle Anwesenden auf dem Turm sangen das Te Deum, den Lobgesang, mit dem die Benediktinermönche das Nachtgebet abschließen. Danach rief ein Herold vom Turm herunter:

«Granada! Granada! Granada!
Kastilien und Aragón,
Ferdinand und Isabella!»

Alle knieten nieder und dankten Gott. Ein ohrenbetäubender Jubelsturm brach auf. Kanonen und Bolzengeschütze wurden abgefeuert, und überall erklangen Trommelwirbel, der Schall von Trompeten, Glockengeläut und Tamburinklänge, dazu das Klatschen und Stampfen von vielen tausend Händen und Füßen.

Die Einwohner von Granada konnten ihren Schmerz nicht länger verbergen. Doch der Tag ihres Untergangs war für die Spanier der Tag des größten Triumphes, den sie je erlebt hatten.

Pepito

Wer einmal durch das Tor der Alhambra, des prächtigen Palastes des Königs Boabdil, gegangen war, befand sich plötzlich in einer anderen Welt. Der Hofstaat von König Ferdinand und Königin Isabella war es gewöhnt, in derartige Schlösser einzuziehen, aber die Alhambra besetzte er doch mit einiger Scheu. Mit all ihren neuen Kleidern im orientalischen Stil fielen sogar die Königin, die Prinzessinnen und ihre Hofdamen hier auf. Wie oft sich die Hofdamen auch umzogen, nichts schien in diese neue Umgebung zu passen. Die Einzigen, die sich hier auf natürliche Weise einfügten, waren die maurischen Zofen.

Königin Isabella fühlte sich besonders unbehaglich. Sie wurde bitterböse auf die maurischen Zofen, weil sie ihrer Meinung nach zu vergnügt aussahen.

Ohne den geringsten Anlass fuhr sie Meryem an, wenn diese in ihre Nähe kam. Sie versetzte Daleila einen unerwarteten Stoß, und einmal schlug sie Aischa heftig ins Gesicht, als das Mädchen, wie sie fand, das

Wasser nicht schnell genug in die Waschschüssel goss. Der wunderschöne vergoldete Krug, den Aischa gerade in den Händen hielt, fiel zu Boden und zerbrach in tausend Stücke.

«Pass doch auf, was du machst», fuhr die Königin Aischa an.

Es war klar, dass Königin Isabella sich im Palast des Königs Boabdil nicht wirklich zu Hause fühlte. Sie reagierte gereizt auf alles, was sie sah. «Was für eine nutzlose Zurschaustellung von Pracht und Pomp», sagte sie. «Was für eine Verschwendung.»

Und durch dieses Benehmen der Königin fühlten sich auch die Hofdamen und Prinzessin Isabella unbehaglich in der Alhambra.

Dolores und die Prinzessinnen Johanna, Maria und Catharina waren von ihrer neuen Umgebung begeistert. Mit großen Augen betrachtete Dolores die Wände, die aussahen wie mit teurer Spitze geschmückt. Immer wieder musste sie die zierlichen Muster der Wandfliesen in Meergrün, Königsblau und Gold betrachten. Sie wurde nicht müde, die wunderschönen, mit Blumen und Vögeln verzierten Teppiche zu streicheln. Sie versuchte, einen der Fische zu fangen, die in einem zierlichen Glas schwammen, um erstaunt zu entdecken, dass die lebensechten Fische für ewig im Glas gefangen waren. Im ganzen Palast hing ein süßer, üppiger

Duft nach Riechwässerchen und Gewürzen, der sie berauschte.

Auch Prinzessin Johanna war betroffen von so viel Schönheit. Zusammen mit Dolores stromerte sie stundenlang durch den Palast. Johanna wollte jedes Zimmer sehen, jede neue Aussicht in den Galeriebögen bewundern, die sich immer wieder als ein Gemälde in einem prachtvollen Steinrahmen erwies.

«Ich kann die Berge sehen», sagte sie. «Ich sehe den Schnee. Ob der auch im Sommer liegen bleibt?»

Johanna und Dolores betasteten alles und ließen ihre Hände über die polierten Oberflächen gleiten.

An einem frühlingshaften Nachmittag Anfang Februar ging Prinzessin Johanna mit Doña Maria de Villages, einer ihrer Gesellschaftsdamen, durch die Galerie der Alhambra. Sie konnte nicht genug bekommen von den verschneiten Berggipfeln.

«Warum machen wir nicht einmal einen Spaziergang außerhalb des Palastes?», fragte sie.

«Die Berge sind viel zu weit weg», sagte Doña Maria de Villages. «Man kann nicht einfach hinspazieren.»,

«Ich möchte einfach mal um den Palast herumgehen», sagte Doña Johanna, «das würde mir schon reichen.»

«Dann müssen wir zwei Wächter mitnehmen, damit sie auf uns aufpassen», sagte Maria. «Dazu habe ich keine Lust. Wir könnten doch auch in den Gärten innerhalb der Palastmauern spazieren gehen. Das ist sicherer, und wir werden wenigstens nicht beobachtet.»

«Ich möchte so gern mal woanders spazieren gehen», sagte Johanna. «Ich bekomme Kopfweh von all den Gerüchen im Palast. Draußen riecht man die frische Luft. Spürst du nicht auch, dass es Frühling wird?»

Doña Maria gab nach. «Also gut, von mir aus», sagte sie.

Dolores und Meryem durften sie begleiten.

Johanna betrachtete die Mauern der Alhambra mit übertriebener Aufmerksamkeit, sie wollte herausfinden, welche Mauer zu welchem Teil des Palastes gehörte. Vor einem hohen Turm blieb sie stehen und schaute nach oben. Johanna ging bis zur Mauer des Turms und berührte sie. Vor einem sorgfältig zugemauerten Tor blieb sie stehen.

«Siehst du …», murmelte sie.

«Was siehst du?», sagte Doña Maria.

«Ein Turm ohne Eingang!», sagte Dolores.

Johanna legte Dolores die Hand auf die Schulter. Sie schaute Maria, Dolores und Meryem an und legte mit einem bedeutungsvollen Blick zu den Wächtern hinüber den Finger auf die Lippen.

Nach dem Spaziergang lief Johanna rasch zum Zimmer der maurischen Zofen. Dolores musste ihre krummen Beine noch schneller bewegen, um mit ihr Schritt zu halten. Im Zimmer schickte Johanna Djauhara und Daleila mit einer Ausrede hinaus. Ungeduldig deutete sie auf die Ruhesofas mit ihren vielen Kissen. Meryem, Doña Maria und Dolores setzten sich.

«Habt ihr den Turm gesehen?», fragte Johanna.

«Ein Turm ohne Eingang», sagte Maria, «ist das etwas Besonderes?»

«Aber ja doch. Es ist ein Turm mit einem zugemauerten Tor, und auch im Palast gibt es keinen Zugang zu diesem Turm. Ich hatte von Anfang an das Gefühl, dass etwas mit dem Grundriss nicht stimmt, dass ein Stück fehlt ...»

Dolores klatschte aufgeregt in die Hände. «Ein geheimer Turm!», sagte sie. «Was wird wohl alles dahinter verborgen sein?»

«Vermutlich wurde der Turm nicht ohne Grund zugemauert», sagte Johanna nachdenklich.

«Bestimmt hat er eine Schatzkammer!», sagte Maria de Villages. «Was sollen wir tun? Sollen wir es dem König erzählen?»

Prinzessin Johanna presste die Lippen fest zusammen und schüttelte den Kopf. Sie schaute Meryem listig an: «Das können sie selbst entdecken. Meine Mutter soll nicht glauben, dass sie alles bekommen kann, was sie will. Übrigens, all diese Schätze der Mauren machen sie nervös. Stellt euch vor, wenn sie am Ende gezwungen wäre, ihre Meinung zu ändern, weil ihr klar wird, dass es keine Barbaren waren, gegen die sie gekämpft hat.»

«Bist du denn nicht neugierig?», fragte Doña Maria erstaunt.

«Ein Turm, der absichtlich für die Außenwelt verschlossen wurde, mag von mir aus sein Geheimnis für immer bewahren», sagte Johanna.

Doch bevor der Turm der Sieben Zinnen mit der von König Boabdil zugemauerten Tür sein Geheimnis lüften konnte, war der Hofstaat schon wieder in Richtung Toledo abgereist.

Wenn sie zusammen in einem Tragestuhl saßen, amüsierten Prinzessin Johanna und Dolores sich mit einem einfachen Spiel: Was ist in dem Turm?

«Doña Maria glaubt, dass König Boabdil all seine Schätze und all seine mit Juwelen besetzten Gewänder in dem Turm aufbewahrt», sagte Prinzessin Johanna.

«Meryem sagt, dass sich in dem Turm der Harem des Königs befand», sagte Dolores. «Sie hat mir erzählt, wie so ein Harem aussieht.»

«Wie denn?», sagte Johanna.

«Die Wände dort sind mit roter Seide bespannt», sagte Dolores. «In jedem Stockwerk gibt es Becken mit lauwarmem, warmem oder kaltem Wasser, in denen die Haremmädchen baden können. Ringsherum stehen Ruhesofas mit Kissen. Jedes Becken hat einen anderen

Duft: wilde Rose, Wüstenlilie oder Jasmin. Von der Decke herab hängen Lampen aus Glas. Wenn diese farbigen Lampen brennen, zaubern sie ein seltsames Muster an die Wände. Und in einer Reihe stehen große Fächer aus Straußenfedern bereit. Aber die Eunuchen, die damit fächelten, sind jetzt natürlich auch verschwunden, genau wie die Haremmädchen.»

«Was sind Eunuchen?», fragte Prinzessin Johanna.

«Männer, denen die Hoden zwischen den Beinen abgeschnitten wurden, und manchmal sogar das ganze Gemächt.»

«Dolores, wie kannst du dir so etwas ausdenken?», rief Johanna. «Warum würde jemand so etwas Ekelhaftes tun?»

«Um die Männer zu entmannen», sagte Dolores. «Ein Eunuch kann keine Kinder zeugen. So ist der König sicher, dass alle Kinder im Harem von ihm sind.»

«Von wem weißt du das?», sagte Johanna.

«Von Aischa», sagte Dolores. «Sie war, glaube ich, wirklich einmal in einem Harem ...»

«Gehörten all diese Haremmädchen im Turm der Alhambra König Boabdil?», fragte Prinzessin Johanna.

«Laut Meryem war das so», sagte Dolores. «Über dem Bett des Königs hängen ein Baldachin aus schwerem Brokat und ein Wasserfall aus goldenen Schleiern.»

Johanna war eine Weile still. Es schien, als lasse sie all diese Bilder erst einmal auf sich wirken.

«Und was befindet sich deiner Meinung nach in dem Turm?», fragte sie dann.

«Ich denke, dass König Boabdil in dem Turm seine liebsten Erinnerungen aufbewahrt. Glänzende Erinnerungen an die Zeit, in der er noch in der Alhambra wohnte und dort glücklich war. Was denkst du, Doña Johanna?»

«Vielleicht ist der Turm der Aufenthaltsort einer rebellischen maurischen Prinzessin, die nicht den für sie auserwählten Prinzen heiraten wollte, weil sie sich in seinen Diener verliebt hatte», sagte Johanna. «Sie haben das Tor zugemauert, um sie loszuwerden, und jetzt wartet sie einsam in einem fensterlosen Turmzimmer, aber der Diener des Prinzen kommt nicht.»

«Stirbt sie denn nicht vor Hunger?»

«Bevor sie vor Hunger stirbt, siecht sie vor Trauer dahin», sagte Johanna.

«Wie schrecklich», sagte Dolores. «Ich hoffe, dass es nicht wahr ist. So etwas wünscht man doch niemandem ...»

Eines Abends, irgendwo auf dem Weg zwischen Granada und Toledo, hatte der Hofstaat sein Lager am Fluss Guadalquivir aufgeschlagen. Dolores saß müde auf der Kleidertruhe vor ihrem Bett. Meryem stand neben ihr und kämmte mit beruhigenden Bewegungen ihre Haare. Johanna saß noch im großen Zelt am Tisch. Sie hatte Dolores erlaubt, früher schlafen zu gehen, als sie sah, dass ihre Närrin fast von den Kissen rutschte.

Dolores hielt sich einen schadhaften Handspiegel vors Gesicht, der ihre Augen auf unnatürliche Weise vergrößerte. Sie warf Meryem einen Blick zu.

«Du hast dich im Gesicht verbrannt, Sandflöhchen», sagte Meryem. «Deine Augen sind ganz rot. Du solltest öfter deinen Schleier tragen.»

«Pepito geht es viel schlechter als mir», klagte Dolores. «Er schafft so eine lange Reise nicht mehr. Er ist zu mager und erschöpft von dem Umherziehen, er ist einfach alt. Vorhin hing ihm die Zunge bis zu den Hufen. Ich habe Angst, dass er auf Dauer mit dem Tross nicht Schritt halten kann. Was macht man mit einem Esel, der nicht mehr mithalten kann?»

Meryem legte ihre Hand auf den blonden Kopf der kleinen Närrin. Sie hörte auf zu kämmen. «Das weißt du doch selbst, Sandfloh», sagte sie leise.

«Pepito darf nicht getötet werden! Er ist das Einzige, was mich noch mit Biar verbindet», sagte Dolores.

«Dem Tier geht es nicht gut», sagte Meryem. «Und alles, was wir zu sehr festzuhalten wünschen, gleitet uns früher oder später aus den Fingern.»

Dolores warf den Handspiegel heftig neben sich auf die Truhe.

«Das will ich nicht, verdammt!», sagte sie.

«Wer hat je gefragt, was wir wollen?», sagte Meryem mutlos.

Pepito wurde nicht getötet. Am nächsten Tag musste er sich noch härter plagen, um mit dem Tross Schritt zu halten. Sogar Dolores schien zu schwer für ihn zu sein. In der darauffolgenden Nacht starb er unter Krämpfen in den Stallungen des Lagers.

Dolores liefen die Tränen über das Gesicht, als sie ihn fand. Sie streichelte sanft seine kalten, grauen Ohren.

«Ich bin stolz auf dich, Pepito», sagte sie. «Du hast dir deine Zeit wenigstens selbst ausgesucht.»

Dolores bekam einen etwas größeren Esel als Reittier. Es war ein pfiffiges junges Tier, das Dodo hieß. Ihr treuer Pepito bewegte sich schon bei der geringsten Bewegung ihrer Knie, aber Dodo reagierte darauf nicht.

Dolores klopfte vorsichtig mit ihren Fersen in die Flanken des Esels. Dodo machte ein paar bockige Schritte und blieb wieder stehen. Er schüttelte den Kopf.

«Jetzt reite endlich weiter», wurde hinter ihr gerufen. «Du hältst den ganzen Tross auf.»

Dolores trieb fester. «Los! Los! Los!»

Nun bockte der Esel und schoss plötzlich vorwärts, vorbei an Königin Isabella und ihren Hofdamen.

Bei jedem von Dodos Schritten spürte Dolores, wie ihr ein Stich durch den Körper fuhr, und der Rhythmus seiner galoppierenden Hufe schien den immer gleichen Satz zu trommeln: «Dodo ist nicht Pepito, Dodo ist nicht Pepito, Dodo ist nicht Pepito ...»

«Die Zwergin ist so schnell wie ein reitender Bote», rief Doña Ana de Beaumonté.

Dolores zog heftig an den Zügeln: «Ho!»

Zuerst bäumte Dodo sich auf, dann bockte er. Dolores hielt sich mit aller Kraft an seiner Mähne fest.

«Du dummer Esel», rief sie böse.

Jetzt stand Dodo still. Dolores rieb sich verärgert den Staub aus den Augen. Tränen vor Schreck und Wut liefen über ihre Wangen.

«Warum macht die Zwergin bloß wieder so einen Aufruhr?», fragte Doña Ana. «Glaubt sie vielleicht, dass das witzig ist?»

Prinzessin Johanna gab ihrem Maultier die Sporen, bis sie neben Dolores war.

«Ihr eigener Esel ist gestorben», rief sie Doña Ana zu.

Sie nahm den eigensinnigen Dodo am Zügel.

«Weint sie jetzt etwa wegen diesem blöden Vieh?», fragte Doña Ana. «Dieser Esel ist doch viel schöner.»

«Aber offensichtlich ist er schwer zu reiten ...», sagte Königin Isabella. Sie hob die Hand. Auf ihr Zeichen hin hielt der ganze Tross an.

«Wir werden in die Tragestühle umziehen», verkündete sie, und zu Johanna sagte sie: «Nimm dieses lästige Ding zu dir in den Stuhl.»

⁂

An den folgenden Tagen war der Hofstaat bei Don Diego de Mendoza, dem Herzog von Manzanares, zu Gast. Abends wurde ihnen in El Real, dem prachtvollen, neuen Schloss des Herzogs, ein Festmahl angeboten. Einer der vielen Gänge bestand aus dunklem Fleisch mit einem intensiven Geruch. Dolores schob mit der Gabel ein Stück von dem Fleisch hin und her. Angewidert streckte sie die Zunge heraus.

«Pfui!», sagte sie. «Was ist das?»

«Rümpft unsere verwöhnte Zwergin etwa die Nase?», fragte Doña Ana, die die Bemerkung von Dolores gehört hatte.

«Nenne sie nicht so», sagte Prinzessin Johanna.

«Wahrscheinlich ist es Pferdefleisch», flüsterte sie Dolores zu. «Wenn du nicht willst, brauchst du es nicht essen.»

Doña Ana stach mit der Gabel in das Fleisch. «Aber sie hat recht», sagte sie laut, den Blick herausfordernd auf Dolores gerichtet. «Dieses Fleisch ist so zäh wie ein Stück Leder. Es ist bestimmt ein Stück von einem alten Esel.»

Dolores wurde blass. Sie stellte sich auf die Bank und

schaute zu der dicken Doña hin, die sie angrinste. Am liebsten hätte sie ihr das Gesicht mit Fingernägeln zerkratzt, aber Doña Ana saß am anderen Ende des Tisches. Dolores wollte etwas sagen, doch diesmal fiel ihr nichts Passendes ein. Sie spürte, wie ihre Knie weich wurden, und sah die scharfen Habichtsaugen, die sie aufmerksam betrachteten. Ihre Knie zitterten. Kalter Schweiß brach ihr aus. Die Bewegungen der Menschen um sie herum wurden immer langsamer, und ihre Stimmen klangen hohl. Dolores war wie gelähmt vor Panik, doch zugleich war ihr Kopf ganz klar.

Alle erwarten jetzt, dass ich Doña Ana eine passende Antwort gebe, dachte sie. Sie hoffen, dass ich sie beleidige, schließlich ist es das, was ein Narr tun sollte ... Ich stehe hier, zur Schau gestellt wie ein Affe in einem Käfig, und jeder darf ihn mit einem Stock stechen. In all diesen Gesichtern sehe ich Schadenfreude. Ist es denn ein Wunder, dass ich meinen Esel lieber mag als diese Menschen? Keiner von ihnen weiß, dass sich in Pepitos Augen das ganze Elend und die ganze Schönheit der Welt spiegelten. Menschen sind weder zu Eseln freundlich noch zu frechen Zwergen. Und jetzt können sie sehen, dass ich verletzlich bin. Sie mögen mich grob ...

Dolores öffnete den Mund, um etwas zu sagen, aber kein Laut kam über ihre Lippen. Sie schnappte nach Luft wie ein Fisch auf dem Trockenen. Hilflos brach sie in Tränen aus. Sie rieb sich mit den Fäusten die Augen.

«Ach, wie witzig sie wieder ist», sagte Doña Ana.

Sie machte eine Handbewegung zu einem der Diener. Der Mann ergriff Dolores und stellte sie schwungvoll mitten auf den Tisch.

«Ein weinender Narr», sagte Doña Ana. «Das ist mal was anderes als ein Quälgeist.»

«Wie nett sie jetzt ist!»

«In so einem Zwerg stecken ganz schön viele Tränen!»

«Wie ein kleiner Wasserfall.»

«Sie ist köstlich ...»

«Ob sie lachen würde, wenn wir sie kitzeln? Der Clown weint, der Clown lacht. So sind die Zwerge eben.»

Jemand stieß den Finger in Dolores' Rippen. Es war, als wache sie auf. Das schlaffe Gefühl in ihren Beinen verschwand, und plötzlich sah sie alles in einem roten Nebel. Sie wich einigen grapschenden Händen aus und trat gegen eine Karaffe mit Wein. Die Karaffe segelte durch die Luft, knapp an Doña Anas Kopf vorbei, und fiel krachend zu Boden.

«Lasst eure ekelhaften Finger von mir!», schrie sie.

Wie ein Sturmbock rannte Dolores mitten über den Tisch, mit vorgerecktem Kopf, die Arme nach hinten. Sie lief zwischen den Schüsseln und Bechern herum und trat mit dem Fuß in eine Schüssel mit Soße. Sie rutschte aus und konnte sich gerade noch rechtzeitig fangen. Die Soße spritzte nach allen Seiten. Die Menschen, die in der Nähe saßen, bekamen die volle Ladung fetter Soße ab und schrien, die anderen lachten. Dolores stampfte mit den Füßen. Jetzt weinte sie vor Wut. Sie versuchte, vom Tisch herunterzukommen, und schob die Gäste zur Seite.

«Schweineköpfe. Fettsäcke. Geht weg mit euren vollgefressenen Leibern!»

Aber die Leute drängten sie auf den Tisch zurück. So wurde die um sich tretende und tobende Dolores von einem zum anderen geschoben. Eine Schale zerbrach und ein glasiertes Spanferkel rutschte auf den Schoß einer Edeldame. Es war ein Lärm wie beim Jüngsten Gericht. Die Menschen bogen sich vor Lachen und trockneten sich mit der Tischdecke die Tränen ab.

Bevor Königin Isabella auf den entstandenen Tumult reagieren konnte, rief jemand sehr laut: «Aufhören!»

Es war Prinzessin Johanna.

Dolores drehte sich um.

Doña Johanna hatte sich aufrecht hingestellt. Sie stützte sich mit den Händen auf den Tisch und schaute sich mit flammenden Augen um. «Das hier ist nichts zum Lachen!»

Prinzessin Johanna sprach mit so viel Autorität und machte ein so drohendes Gesicht, dass alle sofort aufhörten zu lachen und zu prusten.

Am Kopfende des Tisches hatte sich Königin Isabella jetzt ebenfalls erhoben. «Die Prinzessin hat recht», sagte sie zu der Gesellschaft. «Euer Benehmen ist eures Standes unwürdig. Habt ihr vielleicht vergessen, dass ein Zwerg auch nur ein Mensch ist? Johanna, bring Dolores in ihr Zimmer.»

Johanna warf Doña Ana einen vernichtenden Blick zu und streckte ihre Arme nach Dolores aus.

«Komm», sagte sie.

Wie ein kleines Kind machte Dolores zwei unsichere Schritte und ließ sich von der Prinzessin vom Tisch herunterheben.

Johanna stellte Dolores auf den Boden und streichelte den verschwitzten Kopf ihrer kleinen Närrin. Sie nahm sie bei der Hand und führte sie zur Tür. Dolores ließ den Kopf hängen. Bevor Prinzessin Johanna das Zimmer verließ, drehte sie sich um und sagte zu der verstummten Gesellschaft: «So etwas werde ich nie, nie wieder zulassen. Habt ihr das verstanden? Nie wieder!»

Die Prinzessin ging mit Dolores durch die Gänge des Schlosses und brachte sie zum Zimmer der maurischen Zofen.

«Du bist mir eine», sagte sie kopfschüttelnd. «Was hast du denn mit meiner Mutter gemacht? Du hast sogar die Eiskönigin aufgetaut.»

Dolores antwortete nicht.

«Ich werde meinen Vater um eine Gunst bitten», sagte

Johanna. «Ich werde ihn fragen, ob du noch einen Brief nach Hause schreiben darfst.»

«Ich danke dir», sagte Dolores.

Die fünf Zofen nahmen Dolores liebevoll unter ihre Fittiche, und diesmal war es Djauhara, die Dolores beim Baden half.

«Mach die Augen zu», sagte sie mit ihrer dunklen Stimme.

Dolores tat, was ihr gesagt wurde. Hinter ihren geschlossenen Lidern tanzten Pünktchen auf schwarzem Grund.

Mit langsamen Gesten drückte Djauhara jedes Mal wieder einen Schwamm über dem Kopf der Zwergin aus. Das warme Wasser strömte ihr über das Gesicht.

«Mit diesem Wasser spüle ich alles weg», sagte Djauhara.

Das wiederholte sie immer wieder.

Dolores hielt die Augen fest geschlossen. «Ich kann die Sterne sehen», sagte sie.

Am nächsten Tag schrieb Dolores einen langen Brief nach Biar.

Mora, 19. März 1492

Hochwürdiger Herr,

hier ist noch einmal ein Brief von Dolores, Tochter der Pächtersfrau Gabriella. Sie wissen doch: Ich bin die vorlaute Zwergin, die jetzt die Närrin von Prinzessin Johanna ist.

Ich hoffe, dass Sie meinen ersten Brief richtig empfangen haben und dass auch dieser Brief Sie über den Boten des Königs erreichen wird. Ich nenne mich immer noch stolz Dolores de Biar und werde meinen Geburtsort und meine Familie nie vergessen. Deshalb bitte ich Sie, diesen Brief meiner Mutter und meinen Geschwistern vorzulesen.

An meine Mutter, meine Brüder und Schwestern,

es ist so lange her, dass ich euch gesehen habe. Ihr wisst nicht, wie sehr ich euch vermisse. Ich hoffe inständig, dass ihr alle gesund seid, und frage mich oft, ob ich, ohne es zu wissen, ein neues Brüderchen oder Schwesterchen bekommen habe. Sollte ich ein neues Schwesterchen haben, heißt es dann Maria? Ich habe euch vor Augen, abends, wenn ich schlafen gehe: Juanito, Pilar, Sancho, Julia, Paco, Jasmina und dich, liebe Mutter. Ich sehe, wie das Abendlicht die Pächterhäuser und die Stadt umschließt. In Gedanken sehe ich, dass ihr älter geworden seid. Vielleicht kommt es mir deswegen so vor, als ob ihr weiter weg seid als früher? Vielleicht hast du schon einen Liebsten, Pilar, und wirst demnächst heiraten ...

Ihr habt wahrscheinlich gehört, dass Granada, das letzte Bollwerk der Mauren, nun in die Hände von König Ferdinand und Königin Isabella gefallen ist. Ich habe in der Alhambra von König Boabdil gewohnt, und es war dort so schön, wie es im Paradies sein muss. Jetzt sind wir schon wieder auf dem Weg von Granada nach Toledo. All diese Reisen sind meinem armen kleinen Esel Pepito zu viel geworden. Zu meinem Bedauern ist er vorgestern vor Erschöpfung gestorben. Ich weiß schon, dass er nur ein Esel war, aber Pepito war das einzige Geschöpf, das mich mit Biar verbunden hat. Mein armer Esel und ich teilten die gleiche Geschichte. In seine langen Ohren habe ich alles geflüstert, was mir zuwider war und was mir weh tat. Er hat geduldig zugehört. Wem soll ich es jetzt erzählen? Meryem, eine der maurischen Zofen, ist die Einzige, mit der ich genauso reden kann, aber ich kann ihr doch nicht sagen, dass ich das verdrießliche Weib Doña Ana de Beaumonté hasse und dass ich alle Adligen und Vornehmen seit gestern widerlich finde? Entschuldigen Sie bitte, Hochwürden, ich muss es doch so ausdrücken, wie ich es empfinde, nicht wahr? Wenn ich ihr erzähle, wie ich es hasse, eine Närrin und Zwergin zu sein, bekommt sie Mitleid mit mir, und das möchte ich nicht. Ich möchte meinen Hass nicht teilen, um nicht dadurch Öl ins Feuer zu gießen, denn wenn das Feuer auf die anderen maurischen Zofen übergreift, wer weiß, was dann passiert.

Dennoch möchte ich nicht klagen. Ich muss einfach lernen, das hinzunehmen, was mir geschieht, und darf nicht zu rebellisch sein. Es gibt viel Schlimmeres im Leben, und meine Abscheu der dicken Doña gegenüber wird vermutlich wieder abnehmen, bis nur noch ein kleiner roter Rand um ihren Kopf übrigbleibt, um mich zu warnen. Ich bleibe auf der Hut vor dieser Frau, aber ich nehme mir vor, ihr Quälgeist zu werden. Als Närrin kann, darf und muss ich das. Ist es falsch, wenn man auf diese Art Rache übt, Hochwürden? Dann tut es mir leid, aber inzwischen glaube ich, dass es wirklich schlechte Menschen gibt. Auch wenn ich manchmal müde und rachsüchtig bin, versuche ich doch, so gut wie möglich zu leben, ist es nicht das, was der Herr Jesus von uns verlangt, Hochwürden? Und ist das denn genug? Ich wünschte, Sie könnten mir antworten, denn ich wage es nicht, meinen Beichtvater zu fragen. Sogar Sie würden manche der Geistlichen hier Leichenbeter nennen, ehrwürdiger Hochwürden. Mach dir keine Sorgen wegen mir, Mutter, ich übertreibe jetzt ein bisschen, weil alles erst gestern passiert ist. Ich darf wirklich nicht klagen. Ich habe immer genug zu essen, und Prinzessin Johanna ist meist lieb zu mir. Ich bin ihre Vertraute, und sie behandelt mich fast wie eine Freundin.

Ich könnte noch viele Seiten vollschreiben, aber mein Brief muss mit dem Boten mit, der extra einen Umweg machen wird, um ihn nach Biar zu bringen. Dank Prinzessin Johanna bekommt dieser Brief das Siegel von König Ferdinand, sodass er bestimmt ankommen wird.

Es tut mir leid, wenn meine Schmerzen auf dem Papier hart erscheinen, aber du kennst mich, Mutter, morgen geht die Sonne wieder auf, und dann habe ich alles, oder fast alles, wieder vergessen. Unterdessen weigere ich mich zu glauben, was der schielende

Carlos gesagt hat. Zwerge bringen kein Unglück! Also, wenn ihr eine kleine runde Wolke in Form eines Engels am Himmel seht, dann seid gewiss, dass ich dann an euch denke und bei euch bin.

Dolores

Autodafé

Der Himmel war dunkel und drohend, und es regnete Bindfäden, als der königliche Hofstaat in Toledo ankam. Das Wasser strömte durch die steilen Straßen wie ein schlammiger Fluss. Dolores hielt Dodos Zügel fest umklammert. Die Hufe des Esels rutschten auf dem Pflaster aus, das arme Tier konnte sich gerade noch rechtzeitig fangen. Dolores betrachtete sehnsüchtig die Tragestühle, aber in einem Tragestuhl zu sitzen, gehörte sich nicht, wenn man eine Stadt betrat. Der ganze Hofstaat sah aus wie ein Haufen verregneter Katzen.

Die Menschen strömten nicht aus ihren Häusern wie bei ihrer letzten Ankunft, und diejenigen, die doch herauskamen, sahen nicht besonders fröhlich aus. An den vielen leer stehenden Häusern und Geschäften konnte man sehen, dass noch weitere Juden und Mauren aus der Stadt weggezogen waren.

Als sie sich im Alcázar eingerichtet hatten, ging das Leben weiter wie zuvor. Der Unterricht wurde wiederaufgenommen, und die Tage der Königskinder plätscherten dahin.

Dennoch hatte sich die Atmosphäre im Alcázar verändert. Die Geistlichen in der Umgebung des Königspaares versammelten sich mit grimmigen Gesichtern wie Fledermäuse zu geheimnisvollen Treffen. Bruder Tomás de Torquemada kam oft zur Audienz zum Königspaar. Sein Gesicht wurde täglich blasser, sein kahler Schädel glänzte wie ein Ei aus einem wirren Nest. Er kniff die Lippen fest entschlossen zusammen und lief mit ungeduldigen Schritten durch die Gänge, meist gefolgt von einigen Schleppenträgern. Eines Tages rannte er Prinzessin Johanna, Dolores und Maria de Villages fast über den Haufen, als er um eine Ecke gestürmt kam. Er entschuldigte sich nicht, sondern musterte die drei mit seinen scharfen Vogelaugen. Dann neigte er den Kopf.

«Prinzessin», sagte er steif und ging schnell weiter.

Prinzessin Johanna drehte sich um und schaute dem Geistlichen hinterher. Sie schnaubte und rümpfte ihre Nase. «Pfui», sagte sie aus tiefstem Herzen.

Dolores versuchte, genau solche langen Schritte zu machen wie Bruder Tomás, was ihr mit ihren krummen Beinchen nicht besonders gut gelang.

«Der Kerl stinkt wie ein alter Bock», sagte Dolores.

«Psst», sagte Doña Maria erschrocken.

«Es sind seine Füße», sagte Johanna.

Doña Maria de Villages hielt sich die Nase zu, um nicht in ein nervöses Lachen auszubrechen. Alle drei schauten nun dem Bruder in seiner einfachen Kutte hinterher. Seine Füße steckten nackt in seinen klappernden Sandalen.

«Er ist schon alt, aber er läuft noch wie ein junger Mann», sagte Maria de Villages.

«Er ist ein Blutsauger», sagte Prinzessin Johanna. «Das Blut hält ihn jung.»

«Welches Blut?», fragte Dolores.

«Das Blut der Juden», sagte Johanna. «Er behauptet, dass er das Blut eines Juden aus großer Entfernung riechen kann.»

«So ein Stinker wie der riecht doch nur sich selbst», sagte Dolores.

«Es macht ihm Spaß, Juden auspeitschen zu lassen und zu foltern», sagte Johanna. «Am liebsten lässt er sie auch noch verbrennen. Vor zwei Jahren hat er in Sevilla acht Juden auf den Scheiterhaufen gebracht.»

«Was hatten die getan?», fragte Dolores.

«Sie hatten angeblich ein christliches Kind gekreuzigt und anschließend sein Blut mit dem Teig ihrer Osterfladen vermischt.»

«Dann hatten sie die Strafe doch verdient», sagte Doña Maria schaudernd.

«Niemand hat je einen Beweis für eine derart abscheuliche Tat gefunden», sagte Prinzessin Johanna. «Vermutlich ist das nur ein Märchen, aber das hat Bruder Tomás nicht zurückgehalten. Er hat sie alle verbrennen lassen.»

«Man würde nicht glauben, dass er ein so mächtiger Mann ist», sagte Maria de Villages.

«Der Schein trügt», sagte Prinzessin Johanna. «Er ist der Generalinquisitor des kirchlichen Gerichts, und nur Gott und der Teufel wissen, wozu dieser Mann fähig ist.»

Am 31. März 1492, kurz nach der Ankunft des Hofstaates in Toledo, stellten König Ferdinand und Königin Isabella den Juden ein Ultimatum: Innerhalb von vier Monaten sollten sie aus Kastilien und Aragón verschwinden, es sei denn, sie würden sich zum Christentum bekehren. Nach diesen vier Monaten würde für die übriggebliebenen Juden die Hölle auf Erden losbrechen, dafür würde Bruder Tomás persönlich Sorge tragen.

Die Mauren wurden vorläufig noch in Ruhe gelassen.

Prinzessin Johanna erbleichte, als sie von diesem Befehl erfuhr.

«Siehst du?», sagte sie zu Dolores. «Ich fürchte, dass Bruder Tomás sich durchsetzen wird. Er hat meinen Vater und meine Mutter dazu angestiftet. Es wird nicht mehr lange dauern bis zum ersten *Autodafé* in Toledo.»

«Was ist ein Autodafé?», fragte Dolores.

«Eine Glaubenstat», sagte Prinzessin Johanna traurig. «Ein Volksgericht, eine Verurteilung zum Scheiterhaufen ...»

Die Juden zogen zahlreich aus Spanien weg. Sie gingen nach Portugal und Afrika. Am 2. August 1492 war das Ultimatum zu Ende, da verließen viele auch Cádiz.

Noch am selben Tag segelte der Entdeckungsreisende Christoph Kolumbus aus Palos los, einem etwas weiter nördlich gelegenen Hafen. Im Auftrag des Königspaares machte er sich auf die Suche nach einer westlichen Verbindungsroute nach Indien. Eine größere Anzahl Juden heuerte für die Schiffsmannschaft von Kolumbus an. Lieber wählten sie eine unsichere Zukunft als den Tod im Feuer.

Nicht lange danach bekam Bruder Tomás freie Hand. Er ließ die übriggebliebenen, bekehrten Juden, die Maranen genannt wurden, scharf beobachten. Wer putzte sein Haus am Freitag etwas zu gründlich? Wer zündete die Kerzen vor Einbruch der Dunkelheit an? Wer trug samstags besonders gute Kleidung? Wer murmelte seine Gebete mit dem Gesicht zur Wand und wiegte sich dabei vor und zurück? Der Plan war, alle Maranen zu finden, die sich nur nach außen hin zum Christentum bekehrt hatten, insgeheim aber noch ihrer Religion anhingen.

Die Stadt war voller Spione des Großinquisitors. Keiner traute dem anderen mehr. Wie ein geduldiger Ameisenbär stocherte Bruder Tomás in Höhlen und wartete, bis die Ameisen herauskamen.

Nicht sehr lange danach fand das erste Volksgericht statt. Bruder Tomás saß hinter einem Holztisch. Sein milchweißes Gesicht bekam einen rötlichen Schimmer, als er mit dem Hammer auf den Tisch schlug und das Urteil verkündete: Er verurteilte den ersten Juden in Toledo zum Tod auf dem Scheiterhaufen. Die kirchliche Macht übergab den Verurteilten der weltlichen Macht, um die Strafe auszuführen.

Bruder Tomás de Torquemada kam zum Alcázar und ersuchte um die Anwesenheit des Königs und der Königin bei der Hinrichtung. Und erteilte einen dringenden Rat: «Zur Ertüchtigung und als erbauliches Beispiel sollten Sie Ihren Sohn und Ihre Töchter zum Autodafé mitbringen.»

Dank des üppigen Regens in September hatte sich die Natur im Monat Oktober so erholt, als schmücke sie sich für den Frühling: Pflanzen und Sträucher blühten mit letzter Kraft, und die Schafe und Ziegen knabberten gierig am saftigen und grünen Gras. Das Sonnenlicht übergoss das Land wie mit flüssigem Gold. Abends hingen Nebelschleier über den Feldern und zwischen den Bäumen, während der Himmel in einem klaren Blau erstrahlte, mit glänzenden Sternen und einem sichelförmigen Mond. Die Erde zeigte sich von ihrer lieblichsten Seite.

Es war an einem dieser außerordentlichen Oktobertage, dass das erste Autodafé in Toledo stattfinden sollte. In Prinzessin Johannas Zimmer öffnete Meryem an diesem Morgen das Fenster weit.

Die Prinzessin stieg von ihrem hohen Bett, stellte sich an das offene Fenster und atmete die Luft tief ein. Sie rief Dolores zu sich, die in der Kammer nebenan gerade aufwachte.

«Dolores, was riechst du?», sagte sie, als Dolores in ihrem weißen Nachthemd neben ihr stand.

Dolores rieb sich den Schlaf aus den Augen und gähnte. «Die Schwaden von Misthaufen und den Duft von Kräutern», sagte sie.

«Und was noch?»

«Marzipan aus dem Laden von Florès ... Und die Fische im Tajo.»

«Und was riechst du noch?»

«Pferdehaufen und Ziegenköttel.»

«Und was noch?»

Dolores schnupperte aufmerksam. «Ich rieche den Oktober», sagte sie. «Der Monat Oktober versucht manchmal, sich mit dem Duft von Blumen als Frühling zu verkleiden, aber er verrät sich durch einen unterschwelligen Modergeruch.»

«Pilze und Fäulnis», sagte Prinzessin Johanna niedergeschlagen. «Ja, das rieche ich auch. Die Welt kann mich heute nicht betrügen. Ich werde mein schwarzes Oberkleid tragen. Meryem, sorge dafür, dass Dolores auch ihr schwarzes Kleid anzieht.»

«Bitte, Doña Johanna», flehte Dolores, «ich muss doch nicht mitgehen?»

«Doch, Dolores», sagte Johanna mit blassem Gesicht, «du musst. Sonst überlebe ich dieses Autodafé nicht.»

«Ich will aber nicht», protestierte Dolores hartnäckig. «Ich halte das nicht aus.»

«Du musst», sagte Prinzessin Johanna ebenso hartnäckig. «Ohne dich schaffe ich es nicht.»

Auf dem Marktplatz vor der Kathedrale hatte man eine hohe Tribüne aufgebaut, mit einem Baldachin, speziell für König Ferdinand, Königin Isabella und ihre Kinder. Die fünf Königskinder und Dolores stiegen mit bleischweren Füßen auf die Tribüne. Maria de Villages kümmerte sich um Prinzessin Catharina und hielt sie fest an der Hand. Sie half der Prinzessin, die Stufen hinaufzusteigen. Dolores, die ein ganzes Stück kleiner war als Catharina, kletterte auf Händen und Füßen die Treppen hinauf, quirlig wie ein junger Hund. Die Menge, die herbeigeströmt war, um der Hinrichtung beizuwohnen, kicherte über die kleine Närrin.

«Musstest du unbedingt diesen Zwerg mitbringen?», sagte Königin Isabella mit finsterer Miene zu Johanna. «Sie spielt sich doch nur wieder auf.»

Und zu Dolores sagte sie drohend: «Wenn du dich hier wie ein Affe benimmst, werde ich hinterher persönlich ein Wörtchen mit dir reden.»

Als die königliche Gesellschaft sich würdevoll auf der Tribüne aufgestellt hatte, erschallten die Posaunen, und in der Ferne schlugen die Tamboure ihre Trommeln. Dolores spürte, wie ihre Handflächen feucht wurden und ihre Knie einknickten. Sie schaute verstohlen zu Prinzessin Johanna hinauf. Die Prinzessin stand kerzengerade da. Ihr Gesicht zeigte keinerlei Regung, sie verzog keine Miene. Die Hinrichtung konnte beginnen.

Der verurteilte Marane war auf einem ratternden Karren festgebunden und wurde so vom Gefängnis zum Marktplatz gefahren. Die Bewohner Toledos kannten ihn, es war der alte Geldwechsler Meir Cohen. Von seinem langen Bart war nicht mehr viel übrig, man hatte ihn ihm büschelweise bis auf die Haut abgeschnitten.

Zwei Geistliche mit großen Kreuzen gingen der Prozession voran, gefolgt von Bruder Tomás de Torquemada und den anderen Inquisitionsrichtern. Der Gesang des Chores wurde von den Schmerzensschreien des Verurteilten und dem Gejohle der herbeigeströmten

Menge übertönt. Der Zug bahnte sich einen Weg durch das Menschenmeer. Der Verurteilte trug einen spitzen schwarzen Hut und ein gelbes Hemd mit schwarzen Kreuzen, sodass alle ihn genau erkennen konnten. Hinter ihm kamen die Soldaten, und direkt nach den Trommlern folgten die Magistratsmitglieder, die Volksvertreter und die Würdenträger der Handwerkervereine. Auf dem Platz vor der Kathedrale wurde eine Messe gelesen.

Dolores konnte kaum stillstehen. Sie wechselte das Gewicht von einem Bein auf das andere. Ihr war übel. Sie musste sich zusammennehmen, um während der Messe den Mund zu halten, besonders als die kleine Prinzessin Catharina laut zu quengeln begann, sie wolle weg von hier. Königin Isabella befahl Maria de Villages mit einer Kopfbewegung, sie möge das Kind wegbringen. Dolores zog an Prinzessin Johannas Kleid.

«Darf ich mit?», flüsterte sie hoffnungsvoll.

Prinzessin Johanna schüttelte unerbittlich ihren Kopf.

Dolores sah ergeben zu, wie Catharina und Doña Maria sich einen Weg durch die Menge bahnten, begleitet von sechs Wächtern.

Nach der Messe wurden die Anschuldigungen vorgelesen.

«Meir Cohen, dies ist deine letzte Chance», sagte Bruder Tomás nach einer langen Tirade. «Schwöre dem

Judentum ab und bekehre dich im Angesicht des Todes zum Christentum, dem einzig wahren Glauben. Finde dein Zuhause in der katholischen Kirche.»

Bruder Tomás hielt Meir Cohen ein Kreuz hin. «Küsse die Füße des Herrn Jesus, unseres Messias», sagte er, «dann wird der Herr dir im Angesicht des Todes gnädig sein, und der Henker darf dich erdrosseln, bevor du auf den Scheiterhaufen kommst, was eine mildere Strafe bedeutet, als bei lebendigem Leib zu verbrennen.»

«Nie!», schrie Meir Cohen. «Nie! Nie! Nie!»

Die Menge begann zu rufen: «Zum Tode!»

Meir Cohen spuckte auf das Kreuz und verschlimmerte dadurch sein Urteil nur noch.

Tomás de Torquemada wurde blass vor Wut. «Dann stirb, du Gottloser!», tobte er. «Henkersknecht, wirf grüne Zweige auf den Scheiterhaufen, damit das Feuer länger schwelt, bevor es brennt. Ketzer verdienen keinen schnellen Tod. Ihnen gebührt ein langer, schmerzhafter Tod im Feuer.»

Meir Cohen richtete sich jetzt direkt an die Königin und flehte: «Retten Sie mich! Retten Sie mich, ehrwürdige Majestät! Lassen Sie mich nicht bei lebendigem Leib verbrennen! Zeigen Sie doch Erbarmen!»

Königin Isabella war starr wie eine Marmorstatue. Sie warf Bruder Tomás de Torquemada einen Blick zu, doch der schüttelte den Kopf. Auf sein Zeichen hin verweigerte die Königin Meir Cohen eine Begnadigung.

Das Schicksal des Maranen war damit besiegelt. Er würde bei lebendigem Leib schwelen und danach auf dem Scheiterhaufen brennen.

Der alte Mann wurde vom Henker auf den hochgestapelten Holzscheiten festgebunden. Er hörte nicht auf zu schreien: «Wer mich brennen lässt, wird selbst brennen! Bruder Tomás ist ein Wächter der Hölle! Wo ist bloß die Menschlichkeit in dieser Welt geblieben? Wie kann so etwas geschehen? Wie kann der Ewige, unser Herr, dies mit ansehen? Warum lässt Er Sein auserwähltes Volk so leiden?»

«Schweig, du Gottloser!», donnerte die Stimme von Bruder Tomás über den Platz. «Ketzer und Gotteslästerer!»

Die Menschen johlten und forderten laut das Spektakel: «Zum Tode! Feuer! Feuer! Feuer!»

Vier Henkersknechte steckten mit Fackeln das Holz in Brand. Das Geschrei des Verurteilten ging in ein hohes Jammern und Winseln über. Die Umstehenden, die zuvor noch um Feuer geschrien hatten, wichen erschrocken vor der Hitze zurück, die sich vom Scheiterhaufen ausbreitete.

Dolores konnte es nicht länger ansehen. Sie stopfte sich die Finger in die Ohren und kniff die Augen fest zu. Am liebsten hätte sie auch ihre Nase zugekniffen, denn der Gestank nach versengtem Fleisch war unerträglich. Es roch schlimmer als ein frisch geschlachtetes Schwein, dem man die Borsten absengte, um die Speckschwarte zu säubern. Dolores wiegte sich leise vor und zurück.

«Mutter, stehe mir bei», murmelte sie. «Juanito, Pilar, Sancho, Julia, Jasmina und Paco, denkt an mich. Meryem und Tomaso ... Lucinda und Prinzessin Johanna ...»

Beim Gedanken an die Prinzessin öffnete Dolores die Augen. Johanna war leichenblass geworden. Sie hatte ihr Gesicht Dolores zugewandt. Ihre Augen waren ausdruckslos, sie schien nichts wahrzunehmen.

Auf dem Gesicht ihrer Närrin sah Johanna alle Gefühle, die sie selbst empfinden sollte: Unglaube, Abscheu, Ekel. Empfindungen, die bei ihr selbst wie in einen Nebel aus Watte versunken waren. Das Schauspiel war schrecklich. Ihre Augen tränten von dem schwarzen Rauch, der vom Scheiterhaufen aufstieg. Sie hob den Kopf, und ihr Blick folgte einer einsamen Schwalbe, die hoch am Himmel flog. Über der Rauchfahne war der Himmel blau und klar. Ihr Herz pochte schmerzhaft, aber nach außen hin blieb sie ungerührt.

Frei von dieser Welt, dachte sie.

An dem Abend machte Meryem Prinzessin Johanna fertig für die Nacht. Die Prinzessin saß bewegungslos auf einem Bänkchen und sagte kein Wort. Dann ging die Zofe hinüber zu Dolores, um sie unter die Bettdecke zu stecken. Die kleine Närrin saß aufrecht in Bett und zitterte am ganzen Leib.

«Ich habe Angst, einzuschlafen», sagte sie. «Sei froh, dass du das nicht mit ansehen musstest. Das verzerrte Gesicht dieses armen Mannes! Er flehte immer weiter um Gnade ...»

Dolores rieb sich mit den Händen über ihre Arme und ihr Gesicht.

«Dieser Gestank ... von verbranntem Fleisch», stammelte sie, «klebt in meiner Nase und auf meiner Haut ... Ich habe meine Hände und mein Gesicht mit Seife geschrubbt, aber es hilft nichts ...»

«Ruhig, Sandfloh», sagte Meryem. «Ich werde deine Hände, deine Füße und deinen Hals mit Rosenwasser einreiben. Das habe ich gerade auch bei der Prinzessin gemacht. Vielleicht kann der Duft der Rosen die schrecklichen Bilder vertreiben ...»

Dolores lag noch lange wach. Sosehr sie auch mit den Fingern auf ihre Augen drückte, das von höllischen Schmerzen verzerrte Gesicht Meir Cohens hatte sich tief in ihre Netzhaut eingebrannt.

Gott kann mit Scheiterhaufen, die Menschen für andere Menschen errichten, nichts zu tun haben, dachte sie. Die Menschen machen sich selbst die Hölle auf Erden. Den Himmel habe ich hier noch nicht gesehen.

Um Mitternacht hörte sie, wie Prinzessin Johanna im Schlaf anfing zu phantasieren.

«Verkohlte Leichen», sagte Johanna monoton, «von

Feuer zerstörte Dörfer, Erschlagene, die an Bäumen hängen, Bucklige und Bettler in einem endlosen Zug ...»

Dolores sah all diese Gestalten genau vor sich und schob den Kopf unter ihre Decke.

Ich gehe nicht zu ihr, dachte sie rebellisch, hätte sie mich doch nicht mitgenommen! Ich bin eine Närrin. Ich bin nicht dazu da, um geduldig zuzuschauen.

Aber Johanna hörte nicht auf ...

«Hilfe!», rief sie. «Der Marane zieht an meinen Füßen! Helft mir doch! Sein Gesicht brennt. Seine Wangen sind verkohlt und bröckeln ab ...»

Dolores konnte es nicht mehr anhören. Sie kletterte aus dem Bett und lief barfuß zu Prinzessin Johannas Bett. Sie schmiegte sich dicht an sie und sang für sie immer wieder das Lied von einem kleinen hellen Stern.

Land von Milch und Honig

Das Autodafé, dem Meir Cohen in Toledo zum Opfer fiel, war das erste in einer langen Reihe. Dolores flehte Prinzessin Johanna jedes Mal an, sie bei der nächsten Hinrichtung zu Hause zu lassen.

«Das kann ich nicht, Dolores», sagte die Prinzessin immer wieder. «Ohne dich kann ich diese Spektakel unmöglich ertragen. Du fühlst alles, was ich fühlen sollte. Ich traue mich nicht, meine Abscheu offen zu zeigen. Du darfst das, und mit deinen Gefühlen zeigst du auch meine. Ohne dich kann ich nicht zu einer Hinrichtung gehen. Du bist der Spiegel, in dem ich sehen kann, was ich in dem Moment fühlen sollte. Wenn du nicht mitgehen würdest, könnte ich nicht so ruhig bleiben. Dann würde ich verrückt werden.»

Dolores vergaß ihre Stellung und stampfte auf den Boden: «Dann sorge dafür, dass du nicht gehen musst, verdammt! Dann brauche ich auch nicht zu gehen. Sei nicht so feige, Doña Johanna! Geh zu deiner Mutter und frage sie, ob du zu Hause bleiben darfst!»

Prinzessin Johanna tat, worum Dolores sie gebeten hatte. Sie weigerte sich, mit nach Sevilla zu gehen, wo der Hofstaat einer Reihe von Autodafés beiwohnen würde.

«Ich bleibe in Toledo. Doña Maria de Villages und Doña Beatriz de Tavara können auch hier bleiben, um für mich und Dolores zu sorgen», sagte sie.

Königin Isabella wollte nichts davon hören. «Du kommst mit», sagte sie. «Das ist deine Pflicht.»

«Meine Pflicht gegenüber wem?», fragte Johanna.

«Gegenüber deinem Vater und gegenüber dem Vaterland. Gegenüber mir und gegenüber der katholischen Kirche.»

«Ist Gott denn so ein blutrünstiges Ungeheuer?», fragte die Prinzessin. «Welcher Gott verlangt von einem Menschen, einen anderen zu verbrennen?»

«Über die Opfer, die Gott von uns verlangt, sollten wir nicht urteilen», sagte ihre Mutter.

«Gott forderte Abraham auf, seinen Sohn Isaak zu opfern», sagte Prinzessin Johanna, «aber im letzten Moment, als Abraham sein Messer schon erhob, um seinen Sohn zu töten, hörte er ein Rascheln im Gebüsch. Als er nachschaute, fand er einen Widder, der mit seinen Hörnern in der Hecke hing. Gott hat Abraham im letzten Moment einen Widder geschickt, sodass er seinen Sohn nicht opfern musste.»

«Isaak war ein Christ», sagte Königin Isabella.

«Isaak war ein Jude», sagte Johanna.

Königin Isabella wurde zuerst blass, dann purpurrot.

Sie schlug ihrer Tochter mit dem Handrücken ins Gesicht. Obwohl die Königin dafür bekannt war, dass sie ihre Gesellschaftsdamen und manchmal sogar ihre Hofdamen schlug, war es das erste Mal, dass sie eine ihrer eigenen Töchter züchtigte. Sie schien selbst erschrocken zu sein und betrachtete etwas verdutzt ihre brennende Hand und die roten Striemen auf der Wange ihrer Tochter. Johanna tastete nach dem glühenden Fleck auf ihrer Wange, aber sie sah ihrer Mutter mit trockenen Augen ins Gesicht.

«Du sprichst wie eine Abtrünnige», sagte die Königin. «Ich lasse meinen Beichtvater holen, Bruder Tomás de Torquemada. Du wirst beichten, noch bevor du zur Messe gehst.»

Das nächste Mal, als Johanna sich weigerte, mit zu einem Autodafé zu gehen, schlug Königin Isabella ihre Tochter nicht mehr. Sie schickte sie direkt zu Bruder Tomás.

Diese Methode schien Erfolg zu haben. Dolores konnte so viel jammern und flehen, wie sie wollte, Johanna war nicht bereit, ihre Mutter erneut zu bitten, sie zu Hause zu lassen.

«Wenn ich sie nochmal bitte, muss ich wieder zu Bruder Tomás zur Beichte, und das ist schlimmer, als zu einem Autodafé zu gehen.» Und mit einem Schaudern ergänzte sie: «So wie dieser Mann mich anschaut und was er alles sagt … Ich bin doch keine Ketzerin, nur weil ich es unsinnig finde, Menschen zu verbrennen? Zum Glück müssen Königstöchter nicht auf den Scheiterhaufen.»

⁂

Eines Morgens, an einem dieser schrecklichen Tage in Sevilla, wurde Dolores wach und entdeckte Blut auf ihrem Laken. Erschrocken schaute sie nach, wo das Blut herkam, und entdeckte, dass es aus dem unaussprechbaren Ort zwischen ihren Beinen stammte. Kalter Schweiß brach ihr aus, und sie rief voller Panik: «Hilfe! Helft mir doch! Ich blute, ich blute! Was passiert mit mir?»

Meryem, die im Nebenzimmer Prinzessin Johanna beim morgendlichen Ankleiden half, schaute die Prinzessin erschrocken an. Doña Johanna stand auf und ging zu Dolores hinüber, gefolgt von Meryem.

«Was ist denn passiert?», fragte sie.

Dolores zeigte ihr verschämt das blutverschmierte Laken.

«Ich blute, Doña Johanna. Aus mir läuft Blut heraus …», sagte sie bestürzt. «Ich habe Angst, dass ich sterben muss …»

Zu ihrem Erstaunen schauten Prinzessin Johanna und Meryem einander geheimnisvoll lächelnd an.

«Hat niemand dir je erzählt, dass du dort eines Tages Blut verlieren würdest, Sandfloh?», sagte Meryem sanft.

«Ist das denn normal?», fragte Dolores. «Ich finde es eklig.»

Doña Johanna setzte sich auf den Rand ihres Bettes. «Hol bitte warmes Wasser und trockene Tücher, Meryem», sagte sie. «Dolores soll sich ordentlich waschen können.»

Sie nahm Dolores' Hände in ihre.

«Jetzt bist du kein kleines Mädchen mehr, Dolores. Du wirst eine Frau.»

«Das will ich gar nicht», sagte Dolores. «Das ist nicht gerecht. Ich bleibe doch klein, warum soll ich denn eine Frau werden? Darf ich denn jetzt keine verrückten Sachen mehr machen?»

«Natürlich darfst du», sagte Johanna. «Du musst einfach so bleiben, wie du bist.»

«Hast du das auch?»

Prinzessin Johanna nickte. «Ich blute schon seit mehr als einem Jahr», sagte sie. «Und du hast es doch gar nicht bemerkt, oder? Meist tut es nicht weh, und es steht dir auch nicht auf die Stirn geschrieben. Wenn ein Mädchen zur Frau wird, blutet sie jeden Monat. Bei den meisten Frauen und Mädchen passiert das, wenn der Vollmond am Himmel steht. Ich hatte nur nicht gedacht, dass es jemandem, der so klein ist wie du, auch passieren würde. Sonst hätte ich dir längst etwas davon erzählt.»

«Warum sollte ich nicht zur Frau werden können?», sagte Dolores schmollend.

Johanna betrachtete erstaunt die kleinen Brüste, die sich deutlich unter Dolores' Nachthemd abzeichneten.

«Ja, warum nicht?», sagte sie. «Wie habe ich das übersehen können?»

«Warum passiert es?», sagte Dolores.

«Ab jetzt fängt dein Körper an, sich zu verändern. Auch wenn unser Beichtvater uns verbietet, uns selbst zu betrachten, hast du es doch bestimmt gemerkt, nicht wahr?», sagte die Prinzessin. «Dein Körper fängt auch an, anders zu reagieren.»

«Wann passiert das denn?», sagte Dolores verblüfft.

«Wenn ich an meinen Prinzen denke, fühle ich Schmetterlinge in meinem Bauch tanzen, und mein Blut prickelt bis in die Fingerspitzen», sagte Prinzessin Johanna plötzlich leidenschaftlich. «Das darfst du ruhig wissen.»

«Aber du weißt immer noch nicht, wer es ist?», sagte Dolores.

«Er hat noch kein Gesicht», sagte Johanna, «aber das macht es ja gerade so spannend. Hast du schon einen Traumprinzen, Dolores?»

Dolores formte den Namen Tomaso mit den Lippen, aber sie sprach ihn nicht aus.

Meryem kam mit einer Karaffe voll dampfenden Wassers herein.

«Meryem wird dir erzählen, was du tun musst», sagte Prinzessin Johanna.

Nachdem Dolores sich erfrischt hatte, erklärte Meryem, wie sie die Tücher gegen das Bluten benutzen sollte.

«Wie lange wird es dauern?», sagte Dolores.

«Das Blut folgt dem Zyklus des Mondes. Einmal in achtundzwanzig Tagen wirst du bluten, und es dauert ungefähr drei, vier, fünf Tage. Das geht so weiter, bis du ungefähr vierzig wirst.»

«So lange?», stöhnte Dolores. «Und warum, um Himmels willen?»

«Um das Blut zu säubern», sagte Meryem.

«Haben Männer das auch?»

«Nein, die funktionieren anders, das weißt du doch», sagte Meryem halb lachend.

«Müssen Männer denn nicht gesäubert werden?», fragte Dolores erstaunt. «Männer tun oft viel schlimmere Sachen als Frauen. Wir kämpfen nicht und führen keinen Krieg. Wir zwingen Männer nicht, Dinge zu tun, die sie nicht tun wollen.»

«Was weißt du davon?», fragte Meryem erschrocken.

«Der schielende Carlos, der Soldat, der mich hierher gebracht hat, hat die ganze Zeit davon gesprochen, was er mit mir tun würde, wenn er mich erwischen würde.»

«Ja, Männer können schrecklich sein», sagte Meryem,

den Blick in die Ferne gerichtet. «Ich kann dem Drang in unserem Blut, der uns zu ihnen hintreibt, nicht verstehen.»

Dolores fiel auf, dass sie sich tatsächlich verändert hatte. Abends dachte sie öfter an Tomaso, und sein Gesicht erschien ihr strahlender denn je. Bei allem, was sie tagsüber tat oder sah, fragte sie sich: Was würde Tomaso davon halten? Was würde Tomaso jetzt tun?

Wenn sie im Teich ihr eigenes Spiegelbild betrachtete und ihr ältliches Gesicht und ihren gedrungenen Körper sah, spürte sie einen großen Schmerz, der ihr das Herz zu zerreißen drohte.

Es ist hoffnungslos, dachte sie. Welcher Mann will schon jemanden wie mich?

Zurück in Toledo, einigten sich König Ferdinand und Königin Isabella im März 1495 mit Kaiser Maximilian von Österreich. Prinzessin Johanna würde Herzog Philipp heiraten, den siebzehnjährigen Sohn des Kaisers, und Prinz Juan Margaretha, die sechzehnjährige Tochter. Johannas Traumprinz bekam endlich ein Gesicht.

Königin Isabella ließ vom Hofmaler kleine Porträts von Prinzessin Johanna und Prinz Juan malen. Nicht lange danach kam ein Päckchen aus den Burgundischen

Niederlanden mit ähnlichen Bildern von Philipp und Margaretha.

Immer wieder betrachtete Prinzessin Johanna Philipps Bild. Sie stellte es auf den kleinen Tisch neben ihrem Bett und betrachtete es abends vor dem Schlafengehen lange, um sich die Gesichtszüge ihres Traumprinzen einzuprägen. Philipp hatte schulterlange blonde Haare, kirschrote Lippen und blaue Augen. Es war im Profil gemalt und zeigte seine kräftige Nase. Zusammen mit dem Porträt drangen auch Gerüchte zum Hof. Philipp sei alles, was eine Frau sich wünschen konnte: hübsch, fröhlich, sanft, freundlich und aufgeweckt. In Johannas Ohren klang das wie Musik.

«Mein Prinz, mein Licht, mein silberner Mond, du bist schöner als in meinen Träumen», flüsterte sie, während sie mit ihren Fingern der Linie seines Kinns folgte. «Du bist alles, was ich vermisse, alles, wonach ich mich sehne. Ich hoffe, es wird nicht mehr lange dauern, bis ich dir von Angesicht zu Angesicht gegenüberstehen darf ...»

Der folgende Sommer war heiß und schwül. In der Umgebung der Prinzessin wurde aus den nichtigsten Anlässen gestritten, und die Feste am Hof waren ausgelassener als sonst. Die Gefühle schienen heftiger zu sein, die Farben greller.

Prinzessin Johanna hatte nur noch ein Thema: Wo war Philipp, wie war Philipp, wann würde Philipp ...

Es machte Dolores ganz verrückt. Am liebsten wollte sie manchmal losschreien: «Kannst du denn über gar nichts anderes mehr sprechen?»

Aber Johannas Verliebtheit war wie eine ansteckende Krankheit. Prinz Juan entwickelte eine ähnlich feurige Leidenschaft für seine zukünftige Braut Margaretha. Doña Maria de Villages verliebte sich heimlich in einen hübschen Wächter, der die Königskinder auf ihren Spaziergängen begleitete. Beatriz de Tavara schrieb lange Briefe, die sie aus dem Palast schmuggeln ließ. Alle gerieten in den Bann der Liebe.

Dolores dachte oft an Tomaso. Abends in Bett träumte sie von einem Leben mit ihrem tapferen und fröhlichen Soldaten.

Eines Tages kam ein Bote, der einen Brief für Prinzessin Johanna brachte. Die Hofdamen, die Gesellschaftsdamen, die maurischen Zofen und Dolores flatterten wie aufgeschreckte Tauben um die Prinzessin herum.

Die Prinzessin öffnete den Brief und drückte ihn an ihr Herz.

«Es ist ein Brief von Philipp», sagte sie errötend.

Alle wollten wissen, was in dem Brief stand, doch Johanna zog sich in ihr Zimmer zurück und ließ die Mädchen aufgeregt gurrend zurück.

Die Prinzessin las den Brief und bewahrte den Inhalt wie ein süßes Geheimnis. Jedes Mal, wenn sie allein war, las sie ihn wieder und wieder, mal mit angehaltener Luft. Dann faltete sie den Brief zusammen und versteckte ihn in ihrem Mieder, nahe bei ihrem Herzen. Das tat sie, bis das Pergament weich und schmutzig war. Danach bewahrte sie den Brief in einem Kästchen aus Ebenholz, dessen Schlüssel sie an einer Kette um den Hals trug.

Philipp hatte einen offenen, ungehemmten Brief geschrieben, aus dem klar zu entnehmen war, dass er ihre Ankunft ebenso ungeduldig erwartete wie sie. Das Porträt, das er von ihr bekommen habe, habe ihn in Feuer und Flamme versetzt, hatte er geschrieben. Die Röte auf ihren Wangen sei wie zwei Rosen. Ihr kleiner Mund rufe danach, geküsst zu werden, und ihre Augen seien zwei dunkelgrüne Seen, in denen er ertrinken wolle. Ihr Hals sei wie ein steiler Hügel, ihr Busen die sanfte Wölbung eines Schneehügels, über den seine Hand zärtlich gleiten würde. Am Schluss des Briefes sprach er von seiner Hoffnung, ihre Ehe möge kinderreich werden ...

Voller Panik überlegte Johanna, dass sie nichts über die Liebe zwischen Mann und Frau wusste. Es war nicht daran zu denken, solche Fragen Doña Ana de Beaumonté zu stellen. Die säuerliche Miene ihrer ältesten Hofdame zeigte ihr, dass diese sowieso nichts Wesentliches davon wusste. Deshalb wandte sie sich mit diesen Fragen an ihre Gesellschafterinnen Doña Beatriz de Tavara und Doña Maria de Villages, als sie mit ihnen zusammensaß und stickte.

Dolores hatte sich vor Johannas Füßen auf einem Kissen niedergelassen. Ihr Stickfaden war zum hundertsten Mal hoffnungslos verwirrt. Sie hasste diese feinen Arbeiten, für die ihre Finger zu kurz und zu stumpf waren.

«Herrje», murmelte sie, während sie an dem Faden zog.

«Könnt ihr mir etwas erzählen über die Liebe zwischen Mann und Frau?», fragte die Prinzessin.

Die Frage klatschte wie ein Stein in einen Teich.

Dolores warf ihre Stickarbeit zur Seite und klatschte in die Hände. «Jaaa, jaaa, jaaa!», trällerte sie. «Was weißt du von der Liebe, der Liebe, der Liebe? Was weißt du von der Liebe, ha, ha?»

Doña Maria stach sich vor Schreck in den Finger. Sie lugte unter ihren Wimpern hervor zu Doña Beatriz. Diese fing nervös an zu kichern.

«Ich bin genauso alt wie Sie, Hoheit», sagte Maria. «Darüber weiß ich noch gar nichts.»

«Das glaube ich dir nicht, Maria», sagte Prinzessin Johanna. «Ich sehe doch immer, wie du diesem Wächter mit den schönen Beinen heimliche Blicke zuwirfst.»

«Lange Beine», sagte Dolores. «Beine bis zu seinem Hintern.»

«Das ist Liebe auf Entfernung», sagte Doña Maria. «Wir haben uns noch nicht mal geküsst.»

«Das sollte auch so bleiben», sagte Doña Beatriz. «Eine

Dame und ein Wächter, das muss man sich mal vorstellen ...»

«Und du, Beatriz?», fragte Johanna.

«Ich kann dir nichts erzählen», sagte Doña Beatriz schnell.

«Briefe, stille Briefe», sagte Dolores geheimnisvoll.

«Halte deinen Mund, du Missgeburt», fauchte Doña Beatriz.

«Nenn sie nicht so», sagte Johanna. «Du schreibst also Briefe ... An wen, wenn ich fragen darf?»

«Ich kann noch nichts sagen, aber er ist zumindest von Adel», sagte Doña Beatriz.

«Und du, Dolores?», fragte die Prinzessin.

«Ich?», sagte Dolores erschrocken. «Wie sollte ich so etwas wissen, ich bin doch nur eine Närrin.»

«Aber du bist verliebt in den Soldaten, der dich hierher gebracht hat. Wie war wieder sein Name?»

«Tomaso», sagte Dolores leise.

«Eine verliebte Zwergin», sagte Doña Beatriz spöttisch.

«Hör auf, Beatriz», sagte Prinzessin Johanna. «Dolores empfindet genau wie du und ich. Sogar noch mehr. Sie ist klein, aber sie hat ein großes Herz mit vielen kleinen Kammern. Erzähl doch nochmal von diesem Tomaso, meine kleine Dolores.»

«Ich war erst elf, als ich ihm begegnete», sagte Dolores abwehrend, «es ist nichts passiert.»

«Du hast mir doch mal von diesem schielenden Carlos erzählt und was der alles mit dir anstellen wollte», sagte Prinzessin Johanna.

«Das hat doch nichts mit Liebe zu tun, oder?», sagte Dolores.

«Dennoch weiß ich, dass ein Mann und eine Frau etwas Ähnliches tun», sagte Prinzessin Johanna nachdenklich. «Ich muss unbedingt mehr darüber erfahren.»

«Djauhara, Daleila, Soraya, Aischa und Meryem ...», sagte Prinzessin Johanna zu Dolores, als die Gesellschaftsdamen verschwunden waren. «Meiner Meinung nach wissen sie viel mehr. Weißt du, was wir machen, Dolores? Wir gehen zum Zimmer der Zofen, und du wirst sie fragen.»

«Was soll ich sie fragen?», sagte Dolores.

«Das werde ich dir gleich erzählen», sagte Johanna.

* * *

Johanna hatte die maurischen Zofen in ihrem Zimmer zusammengerufen. Die Prinzessin saß zwischen ihnen auf dem Teppich, mit dem Rücken gegen ein Kissen gelehnt. Neben ihr saß Dolores und um sie herum Djauhara, Daleila, Soraya, Aischa und Meryem. Es war Abend. Draußen ging die Sonne unter, in einer Glut aus Krokusgelb und Orange. Im Raum war es dämmrig. Johanna hatte darum gebeten, die Kerzen noch nicht anzuzünden. Im Zimmer brannten nur ein paar orientalische Lampen, die geheimnisvoll gefärbte Muster an die Wände zauberten. Es war schwül, und ein schwerer Duft von Moschus und Jasmin hing im Zimmer.

Johanna berührte Dolores unbemerkt mit ihrem Fuß. Dolores richtete sich auf und räusperte sich bedeutungsvoll.

«Ich möchte gern etwas wissen», sagte sie. «Wenn ich Tomaso jemals heirate, was passiert dann in unserer Hochzeitsnacht?»

«Bis zu deiner Hochzeitsnacht hast du noch viel Zeit, Sandfloh», sagte Meryem neckend. «Vergiss nicht, die Jungfräulichkeit ist ein Schatz, den ein Mädchen sorgfältig hüten muss.»

«Du darfst deinen Körper nicht zur Schau stellen», warnte Aischa. «Männer sind Jäger auf der Suche nach Beute. Eine Frau, die keine Jungfrau mehr ist, ist für die Ehe verloren. Das muss dir klar sein.»

«Um eine Frau zu einer Hure oder einer Sklavin zu machen, rauben die Männer ihr zuerst die Jungfräulichkeit», sagte Soraya erbittert.

«Das ist noch immer keine Antwort auf Dolores' Frage», sagte Johanna ungeduldig.

Im Zimmer herrschte eine Spannung wie vor einem drohenden Gewitter. Die fünf maurischen Zofen ließen die Blicke von Dolores zu Johanna wandern. Ihnen war jetzt klar, dass es sich um eine Frage Johannas handelte.

Johanna schaute sie eine nach der anderen eindringlich an. Es war Aischa, scheu wie ein Reh, die als Erste der Bitte der Prinzessin nachkam.

«Was ein Mann und eine Frau während der Hochzeitsnacht miteinander tun, ist miteinander zu schlafen», erzählte sie mit niedergeschlagenen Augen. «Das geht von allein, wenn Liebe im Spiel ist. Denn es ist ein natürlicher Drang, den man nicht aufhalten kann. Es fängt mit Küssen an und endet mit ...» Hier stockte sie.

Djauhara erzählte mit schamlosem Lächeln weiter. In der Dämmerung blitzten ihre weißen Zähne.

«Um miteinander zu schlafen, benutzt man alle Teile, die man, laut unserem Beichtvater, nicht sehen darf, geschweige denn berühren», sagte sie. «Ein Mann und eine Frau passen perfekt ineinander, und so werden Kinder gezeugt.»

«Steckt er etwa sein Schwänzchen in mein Loch? Genau so wie der Bock das mit einer Ziege macht?», fragte Dolores empört. «Wie ekelhaft! Ich hätte es wissen müssen. Ich wusste es eigentlich schon ...»

Nach diesen Worten breitete sich eine angespannte Stille im Zimmer aus. Wieder stieß Johanna Dolores mit dem Fuß an.

«Und was ist, wenn ich keine Lust habe, mit Tomaso zu schlafen?»

«Du musst das Feld vorab beackern», sagte Meryem geheimnisvoll. «Du musst dafür sorgen, dass du Lust bekommst. Eine Frau sollte ihren Körper kennenlernen, damit sie ihrem Mann sagen kann, was ihr gefällt.»

«Unsere Kirchenväter sagen aber, dass man das nicht darf!», rief Johanna erschrocken.

«Aber diese Kirchenväter möchten schon, dass der Körper einer Frau Früchte trägt», sagte Meryem. «Und eine Frau, die gern mit ihrem Mann schläft, wird nun mal schneller befruchtet.»

Dolores starrte Meryem mit offenem Mund an. Ihr fielen keine Fragen mehr ein.

«Kann ich etwas tun, damit ein Mann sich in mich verliebt?», fragte Prinzessin Johanna.

«Ihr seid doch sowieso so schön und elegant», sagte Soraya, «für einen Mann ist das normalerweise mehr als genug. Vor allem am Anfang.»

«Es gibt Kräuter, um das Interesse eines Mannes lebendig zu erhalten», sagte Djauhara. «Man darf nicht vergessen, dass Männer launenhaft sind und ihre Aufmerksamkeit nicht lange auf eine Person richten können. Meist lässt ihr Feuer nach einiger Zeit nach.»

«Ich möchte, dass mein Prinz nur mich anschaut», sagte Johanna.

Djauharas dunkle Augen waren wie unergründliche Gewässer. Sie schaute die Prinzessin eindringlich an. Johanna war wie hypnotisiert von diesem Blick.

«Ich kenne Kräuter, um die nachlassende Lust eines Mannes wieder anzufachen», sagte Djauhara. «Kräuter, die eine Frau fruchtbarer machen, und Kräuter, die verhindern können, dass sie Kinder bekommt. Ich könnte für Sie sehr nützlich sein, Hoheit. Nehmt mich doch mit nach Flandern ...»

Prinzessin Johanna schaffte es nur mit Mühe, sich von Djauharas Blick zu lösen. Sie senkte die Augenlider und schaute sich im Kreis um.

«Ich glaube, ihr könnt mir alle noch von Nutzen sein. Meine Hofdamen und Gesellschafterinnen wissen nichts von der Liebe. Oder sie wollen mir nichts erzählen. Ihr wisst viel mehr als sie. Wie ist das möglich?»

«Eure Mutter, Königin Isabella, hört dieses Wort nicht gern, aber wir sind tatsächlich Sklavinnen», sagte Soraya.

«Was meinst du damit?», fragte Prinzessin Johanna.

«Tagsüber stehen wir Euch zu Diensten, aber manchmal, nachts, wenn wir als Haremsmädchen für die Gäste getanzt haben, kann es passieren, dass wir auch andere Aufträge erledigen müssen», sagte Soraya zögernd.

Dolores hielt erschrocken die Hand vor den Mund.

«Meinst du, dass du bei einem der Gäste schlafen musst?», fragte sie.

Soraya nickte.

«Diese Verbrecher», sagte Dolores. «Und ihr macht da mit?»

«Wir haben keine Wahl», sagte Soraya. «Wenn wir uns wehren, wird es noch schlimmer.»

«Wir sind nicht Herr über unseren Körper. Das ist genau das, was das Wort Sklavin bedeutet», sagte Meryem rebellisch.

«Wie schrecklich», sagte Dolores.

«Ja, es ist schrecklich», sagte Soraya traurig.

Johanna schaute die Zofen niedergeschlagen an.

«Ich glaube, ich wusste es schon», sagte sie leise. «Es tut mir leid. Ich nehme euch alle mit nach Flandern, und dann werde ich dafür sorgen, dass ihr nicht mehr als Haremsmädchen tanzen müsst.»

Laredo

Im Herbst 1495 reiste der Hofstaat von Toledo nach Almazán, einer kleinen Stadt auf der Hochebene von Kastilien. Dort wohnten sie im Palast der Familie Mendoza. Von hier aus beaufsichtigten der König und die Königin den Bau der Flotte, die Johanna nach Flandern bringen würde.

König Ferdinand nahm Prinzessin Johanna und Dolores regelmäßig mit zu den Werften von Kantabrien, um zu beobachten, wie die Arbeiten vorangingen.

Johanna und Dolores betrachteten voller Bewunderung die Schiffe und sahen, wie sie sich von einem rohen Gerippe zu einem prächtigen Schiff mit aufgetakelten Segeln entwickelten. Die Prinzessin genoss die Aufmerksamkeit ihres Vaters und war auf eine fast fieberhafte Art glücklich. Zum ersten Mal bekam Dolores das Gefühl, dass sie dem Gemütszustand der Prinzessin nicht mehr folgen konnte. Wenn Dolores die Schiffe im Bau betrachtete, wurde sie von einer unbestimmten Angst gepackt. Die Schiffe waren groß, viel größer als die

Flussschiffe, die sie bis dahin gesehen hatte. Dennoch schienen ihr die Fahrzeuge auf seltsame Art verletzlich. Vielleicht, weil sie sie als Gerippe gesehen hatte.

«Auf einem dieser Schiffe zu fahren», sagte Johanna atemlos.

«Ja», sagte Dolores nachdenklich, «über das tiefe Wasser zu segeln, stell dir das vor.»

Dolores betrachtete das strahlende Gesicht der Prinzessin.

Ich treibe weg, dachte sie betrübt, ich treibe nicht nur von der Prinzessin weg, sondern auch von den Gesellschaftsdamen und den Zofen. Alle bereiten sich auf die Reise vor. Alle sind aufgeregt und gespannt. Alle außer mir. Wenn ich nach Norden reise, sehe ich meine Mutter bestimmt nie mehr wieder ...

Sie ergriff die Hand der Prinzessin, die neben ihr stand.

Prinzessin Johanna schaute hinunter auf das ernste Gesicht ihrer Närrin.

«Was ist los?», fragte sie besorgt. «Du bist in der letzten Zeit so still.»

«Es ist nichts, Doña Johanna», sagte Dolores.

* * *

«Starrst du dich wieder selbst an wie ein verliebter Wellensittich?», fragte Meryem neckend. Sie hatte Dolores ertappt, als diese sich in Prinzessin Johannas Handspiegel betrachtete. Dolores legte den Spiegel schnell zur Seite.

«Ich habe einfach so hineingeschaut», sagte sie stirnrunzelnd.

«In jedem Teich, in jedem Fenster, das dein Bildnis spiegelt, in jedem Spiegel, den du in die Hände bekommst, betrachtest du dich. Wirst du etwa eitel, Sandflöhchen?»

Dolores schob die Hände unter ihren Po. Sie saß auf der Bank vor Johannas Schminktisch und schlenkerte die Beine. «Ich bin nicht hässlich», sagte sie rebellisch.

«Du bist überhaupt nicht hässlich», sagte Meryem empört. «Deine Haare sind blond wie reifes Korn, und deine Augen sind blau wie der Sommerhimmel. Du bist richtig schön.»

«Das findest du. Aber ich bin nur halb so groß wie du. Mein Körper ist gedrungen, meine Beine und Arme sind viel zu kurz und krumm, ich habe fast keinen Hals, und mein Gesicht sieht viel zu alt aus für mein Alter. Ich bin hässlich. Ich tauge nur als Närrin.»

Meryem schwieg.

«Jetzt sagst du nichts mehr, was?», sagte Dolores böse.

«Du bist eine kleine Frau, das ist wahr», sagte Meryem. «Aber an dir ist alles dran. Und Schönsein ist nicht alles.» Sie seufzte.

«Du hast leicht reden», sagte Dolores, «du bist schön. Und deshalb lieben dich die Männer. Jemand wie ich bekommt nie eine Chance. Ich werde nie heiraten und Kinder bekommen.»

«Ich werde auch nie heiraten», sagte Meryem traurig. «Und Gott verhüte, dass ich Kinder bekomme, denn dann werden sie mir wahrscheinlich weggenommen. Zum Glück kennt Djauhara ein Mittel, das ich nehmen kann, damit ich nicht schwanger werde. Ich bin nur eine Sklavin, ein Gegenstand, Dolores.»

«Der schöne Don Enrico fragt immer nach dir», sagte Dolores.

«Ja, das ist wahr», sagte Meryem verträumt. «Ich habe mehr Glück als die anderen. Er gibt mir das Gefühl, dass er mich auserwählt hat. Er hat mich nie zu etwas gezwungen. Am Anfang haben wir die ganze Nacht nur geredet. Er hielt meine Hand und bat mich, ihm von meinem Zuhause zu erzählen. Enrico ist sehr schön und galant. Er sorgt dafür, dass ich nach dem Haremtanz mit keinem anderen Mann mitgehen muss. Wir stellen uns gern vor, dass wir Liebende sind ...»

«Er ist nett, und er ist in dich verliebt», sagte Dolores. «Du auch in ihn?»

Meryem nickte mit traurigem Gesicht. «Aber es hat keinen Sinn», sagte sie. «Er ist ein Edelmann. Eines Tages muss er eine Frau seines Standes heiraten, und dann vergisst er mich.»

«Aber zumindest hast du jetzt jemanden», sagte Dolores.

«Du doch auch, oder? Du hast Tomaso», sagte Meryem.

«Das versuche ich mir selbst auch einzureden, ja», sagte Dolores bitter. «Ich träume nachts von ihm, aber es bleibt nur ein Traum. Tomaso mochte mich, aber mehr war es nicht. Wir könnten gute Freunde werden, aber das ist alles.»

«Das weiß man vorher nie», sagte Meryem. «Wenn ein Mann eine Frau kennenlernt und sie nett findet, ist das Äußere nicht mehr so wichtig. Es ist nicht schwer, dich schön zu finden, Dolores.»

«Ich werde ihn ohnehin nie wiedersehen», sagte Dolores bedrückt.

Meryem streichelte sanft über Dolores' blonde Haare.

«Was soll ich bloß mit dir machen, kleiner Sandfloh?», sagte sie.

«Meine Knochen tun weh», sagte Dolores. «Es wird bestimmt wieder regnen. Könntest du mir die Schultern und die Knie wieder mit der glühenden Salbe einreiben, die Djauhara für mich gemacht hat?»

Unter Meryems sanften Händen spürte Dolores, wie ihre Anspannung sich löste. Manchmal stellte sie sich vor, es sei ihre Mutter, die sie mit der wärmenden Salbe einrieb. Dann war es wieder, als spüre sie Tomasos Hände auf ihrem Körper. Doch meist war es einfach Meryem, die ihre schmerzenden Glieder voller Aufmerksamkeit und Liebe behandelte.

«Sing nochmal für mich, Meryem», bat Dolores.

«Ich kann doch nicht singen, Sandfloh. Ich summe nur so ein bisschen.»

«Ich höre dich gern in deiner Sprache singen.»

Meryem sang ein Lied, aus dem ihre Sehnsucht klang, während sie Dolores' Beine massierte.

«Danke, Meryem», sagte Dolores, als sie aufhörte. Sie drehte sich vom Bauch auf den Rücken und setzte sich aufrecht auf die Ruhebank.

Meryem setzte sich neben sie, nahm ihr Gesicht in die Hände und drückte einen Kuss auf ihre Stirn. Dolores schlug die Arme um Meryems Hals und schmiegte sich an sie.

«Ich wüsste nicht, was ich ohne dich anfangen sollte», sagte Dolores mit einem Seufzer. «Ich hoffe, dass wir immer zusammenbleiben können.»

«Das hoffe ich auch», flüsterte Meryem. «Für mich bist du wie eine kleine Schwester. Wir müssen dafür sorgen, dass wir beide in der Nähe von Prinzessin Johanna bleiben. Sie wird uns zusammenhalten.»

«Wenn sie dich mit nach Flandern nimmt, musst du Don Enrico zurücklassen», sagte Dolores.

«Er wird schon dafür sorgen, dass er mit der Flotte

mitdarf, die die Prinzessin nach Flandern bringen wird», sagte Meryem. «Und dann werden wir sehen ... Man weiß nie, was alles noch geschieht. Ich darf die Quelle der Hoffnung nicht austrocknen lassen.»

Dolores schob eine glänzende Locke hinter Meryems Ohr.

«Das ist wahr», sagte sie.

An diesem Abend lag Dolores noch lange wach. Sie versuchte, wie sie es immer tat, an Tomaso zu denken, aber sie konnte sein Gesicht nicht mehr so deutlich vor sich sehen. Waren seine Augen goldbraun oder braungrün? Hatte er welliges oder lockiges Haar? Sie wusste es nicht mehr genau.

«Ich verliere dich», flüsterte sie in die Dunkelheit. «Du wirst nie zu mir gehören. Ich lasse dich frei, Tomaso ... Aber gehe bitte zu jemanden, den ich auch mögen würde.»

Dolores hatte das Gefühl zu ersticken, ihr war, als umklammere jemand ihr Herz.

Ich bin allein, dachte sie, und ich werde immer allein bleiben. Und weil ich allein bin, entferne ich mich von all den Menschen, die jemanden haben. Prinzessin Johanna hat ihren Philipp, Meryem ihren Enrico. Manchmal ist es schwer, nicht neidisch zu sein. Und ich möchte nicht neidisch sein. Nicht auf diese beiden.

Sie sah sich als einen kleinen leuchtenden Punkt am

Himmel. Sie war ein kleiner Stern, der von den anderen Sternen wegtrieb, die in einem weißen Streifen am Himmel dicht beieinander waren. Plötzlich war es, als schösse sie über den Himmel. Sie sah die Gesichter ihrer Mutter, ihrer Geschwister, Lucindas und Tomasos, Johannas und Meryems. Immer schneller entfernte sie sich von ihnen.

Jetzt bin ich eine kleine Sternschnuppe, dachte Dolores verwundert. Ich sause an allen vorbei, aber mit meinen Strahlen berühre ich kurz die anderen Sterne. Sie haben mich gesehen. Ich bleibe nicht unbemerkt.

Dolores fiel in einen Dämmerschlaf. Sie fühlte sich befreit von der Umklammerung ihres Herzens. Sie schwebte durch das All, als würde sie von unsichtbaren Armen gewiegt und getragen.

Um Mitternacht wurde sie von einem ängstlichen Laut wach. «Dolores! Dolores!»

Es war Prinzessin Johanna, die sie vom anderen Zimmer aus rief.

Dolores kletterte seufzend aus dem Bett und ging hinüber. Johanna saß aufrecht in ihrem Bett. Im Licht einer flackernden Kerze, die auf dem Nachttisch neben dem Porträt Prinz Philipps stand, konnte sie die ängstlichen Augen der Prinzessin sehen.

«Da bist du ja», sagte Johanna erleichtert.

Sie schlug ihre Decke zurück und klopfte leicht auf die federnde Matratze.

«Komm zu mir, sonst wird dir kalt», sagte sie.

Dolores kletterte in das hohe Bett. Johanna zog sie fest an sich.

«Ich habe so schrecklich geträumt, Dolores», sagte sie. «Ich habe geträumt, du würdest nicht mit mir nach Flandern gehen. Wenn überhaupt jemand mit mir gehen soll, dann du. Hörst du?»

«Wo immer du hingehst, werde ich bei dir sein», sagte Dolores.

«Singst du ein Lied für mich?», bat die Prinzessin.

«Was soll ich singen?»

«Sing doch mal vom Stern ...»

Als Johanna endlich eingeschlafen war, streichelte Dolores sanft die Wange der Prinzessin.

«Ich bleibe bei dir», flüsterte sie, «sogar, wenn ich nicht mehr da bin. Dann werde ich zu einem Engel an der Kirchendecke, ich werde der Engel eines Menschen, der mich gern gehabt hat.»

Leise sang sie noch einmal das Lied.

«Ich bin ein Sternchen, klar und froh.
Ich sing ein Liedchen überm Stroh.
Ich setz mich auf das Dach vom Stall,
streu meine Strahlen überall ...»

Im Frühjahr 1496 wurden Vorbereitungen für die Doppelhochzeit von Prinz Juan und Prinzessin Johanna getroffen. Zum Glück hatte niemand mehr Zeit, bei den Autodafés zugegen zu sein.

Königin Isabella hatte vom Prunk am Hof von Flandern und Burgund gehört, von den Feuerwerken bei den berühmten Festen, bei denen die Fontänen kein Wasser, sondern Wein versprühten. Die Königin wollte sich keine Blöße geben. Sie wollte unbedingt beweisen, dass dem spanischen Hof Eleganz nicht fremd war. Sie ließ für Johanna und Juan eine neue Garderobe nähen. Die Prinzessin bekam Kleider aus Seide und Goldbrokat, aus karmesinrotem und königsblauem Samt. Von jedem Kleid wurde eine kleinere Version für ihre Närrin genäht.

Dolores wurde nicht müde, über die weichen Stoffe zu streichen. Wenn Frau Carmela zusammen mit der Näherin für ihre neuen Kleider Maß nahm, konnte sie vor Aufregung nicht stillstehen. Wie eine Elster versuchte sie, die Perlen, die die Näherin in einem regelmäßigen Muster auf ein weiches, goldglänzendes Kleid genäht hatte, abzuzupfen. Frau Carmela versetzte ihr eine Ohrfeige.

Als die Abgesandten von Philipp und Margaretha im Palast von Almazán ankamen, wurde ein großes Fest zu Ehren von Prinz Juan und Prinzessin Johanna organisiert. Die Prinzessin trug ein rotsamtenes Kleid mit einem quadratischen Halsausschnitt. Ihre Haare wurden von einem Netz aus Goldfäden und Perlen zu einem zierlichen Knoten im Genick zusammengehalten. Sie sah sehr erwachsen aus. Mit ihrer aufrechten Haltung zog die Prinzessin die Aufmerksamkeit der spanischen Edelleute und der Gesandten aus Flandern und Burgund auf sich. Auch König Ferdinand betrachtete seine Tochter mit anderen Augen. Er verbeugte sich vor ihr und küsste galant ihre Hand.

«Mein kleines Mädchen», sagte er. «Du bist groß geworden. Du siehst wie eine Königin aus.»

Prinzessin Johanna genoss die Aufmerksamkeit in vollen Zügen. Sie spürte die Augen der Männer auf ihrem Körper brennen und reckte den weißen Hals noch höher.

«Sollen sie doch meinem Prinzen Philipp erzählen, dass ich schön bin», flüsterte sie Dolores zu, die ihr nicht von der Seite wich.

Während des Festes bekamen Juan und Johanna jeder ein Kästchen, in dem jeweils ein Paar Handschuhe lagen. Das eine Paar war von Philipp, dem Grafen von Flandern und Herzog von Burgund, das andere von seiner Schwester Margaretha. In großer Eile wurde eine doppelte Hochzeitsfeier mit Vertretern organisiert. Prinz Juan heiratete Margaretha, die von einem flämischen Gesandten vertreten wurde, der Margarethas

Handschuh festhielt. Dasselbe geschah mit Prinzessin Johanna: Sie heiratete Philipp mittels seines Handschuhs.

Dolores bekam einen Korb mit Frühlingsblumen in die Hand gedrückt und begann wie wild, Blumen über die Köpfe von Johanna und Juan zu streuen. Beim Anblick der strahlenden Gesichter der beiden wurde sie vollkommen übermutig. Wie eine Wilde sprang sie um sie herum und sang:

«Mein schöner Prinz,
meine liebe Prinzessin,
sie haben geheiratet!
Ach, die Frau,
ach, der Mann,
der sie und ihn nicht lieben kann!»

Am nächsten Tag stürmte Prinzessin Johanna ungebührlich schnell ins Zimmer der maurischen Zofen. Ihre Wangen waren errötet, ihre Augen glänzten.

«Jetzt bin ich eine verheiratete Frau», sagte sie. «Ist das nicht unvorstellbar? Ich habe schneller geheiratet als meine Schwester Isabella! Die zögert immer noch.»

«Warum wartet sie so lange, um Prinz Manuel von Portugal zu heiraten?», fragte Soraya.

«Die heilige Isabella möchte, dass Manuel sein Land zuerst von den Juden säubert. Vorher will sie keinen portugiesischen Boden mehr betreten. Was das angeht, ist sie noch schlimmer als meine Mutter. Ich verstehe nicht, wie die beiden die Praktiken von Bruder Tomás aushalten. Mir wird übel davon. Aber ich habe doch eher geheiratet als sie. Und in Flandern lassen sie die Juden in Ruhe. Sobald die Flotte bereit ist, reise ich ab und bin dann auch tatsächlich Philipps Frau!»

«Es gibt noch das Meer, das zwischen euch liegt, Hoheit», sagte Djauhara. «Wisst Ihr, wie tief das Meer ist, das Ihr überqueren müsst, um zu ihm zu kommen?»

«Ich mag das Meer», sagte Johanna.

«Es kann stürmen», warnte Djauhara.

«Ich habe keine Angst vor starkem Wind», sagte Prinzessin Johanna stolz. «Und außerdem ist noch nie eine Prinzessin im Meer ertrunken.»

Im Juli musste König Ferdinand nach Katalonien reisen. Die Franzosen griffen aus Perpignan an, und er war gezwungen, die Grenzen seines Reiches verteidigen. Beim Abschied schloss er seine Tochter Johanna in die Arme.

«Du heiratest keinen König, aber du wirst wie eine Königin abreisen», sagte er stolz. «Deine kluge Mutter bat die Kapitäne aller Schiffe, die Wolle transportieren, deine Flotte zu begleiten. Es wird sehr schön aussehen, wenn alle Schiffe gemeinsam aus dem Hafen von Toledo fahren ...»

Johanna drückte ihre Wange an seine Brust und ließ ihren Tränen freien Lauf. «Es tut mir so leid, dass du nicht dabei sein kannst, wenn ich abreise», sagte sie. «Vielleicht sehe ich dich nie wieder.»

«Aber natürlich», tröstete der König seine Tochter. «Die Reisen über das Meer sind längst nicht mehr so gefährlich wie früher. Höre, was ich dir sage: Du kommst uns später mit Mann und Kindern besuchen.»

Johanna schlang die Arme fest um seinen Hals. «Nicht sterben im Krieg», sagte sie ängstlich.

«Ein alter Fuchs wie ich lässt sich nicht so leicht fangen», sagte der König.

Johanna und Dolores kletterten auf den Turm, als König Ferdinand abreiste. Sie schauten den Reitern nach, bis die Staubwolke am Horizont verschwunden war. Die Prinzessin weinte herzzerreißend, und Dolores streichelte hilflos ihren Arm.

Sie verstand ihren Schmerz so gut.

Für sie bedeutet der König so viel wie mir meine Mutter, dachte Dolores. Es ist schrecklich, Abschied nehmen zu müssen.

18. August 1496. Der Strand von Laredo war goldgelb. Dolores hatte noch nie das Meer gesehen. Gierig trank sie das Bild in sich hinein, das sich vor ihren Augen erstreckte. Ihr Gesicht glühte vor Erregung. Die kleine Närrin rannte vor Johanna her. Hinter der Prinzessin kam das große Gefolge. Dolores lief ganz allein voraus. Der lockere Sand rutschte unter ihren Füßen davon und machte das Laufen beschwerlicher, aber sie arbeitete sich vorwärts. Sie bückte sich und schöpfte den Sand mit beiden Händen zugleich. Ihre Arme schwangen durch die Luft wie die Flügel einer Windmühle. Der Sand wehte wie Goldstaub um sie herum. Er flog ihr in die Haare und in die Augen, er knirschte zwischen ihren Zähnen ...

Prinzessin Johanna konnte dem Drang, den Sand zwischen den Fingern zu fühlen, nicht widerstehen. Sie vergaß ihre neue Würde und beugte sich vor, was in ihren steifen Kleidern gar nicht einfach war. Sie spürte die feinen Körnchen durch ihre Finger gleiten. Ein ungeduldiger Windstoß blies sie davon in Richtung Meer.

Die Prinzessin betrachtete die Bucht von Laredo und seufzte vor Verwunderung. Der Strand bildete einen perfekten Bogen um das Wasser. Auf einem dunkelblauen Meer mit weißen Schaumkronen schwammen die Schiffe, die ihr Vater und ihre Mutter zusammengestellt hatten. Die nagelneuen Schiffe waren für sie selbst und für ihr Gefolge bestimmt. Außerdem gab es fünfzehn baskische Plattbodenboote und fünf Karavellen für die

Soldaten und etwa hundert Schiffe, die mit Wolle beladen waren. Zusammen war es eine Flotte von an die hundertdreißig Schiffen. Mit gerafften Segeln warteten sie auf ihre menschliche Ladung, die sich zum Teil bereits am Strand versammelte.

Die Prinzessin hatte Dolores kurz aus den Augen verloren. Jetzt sah sie, wie ihre Närrin sich aufrichtete. Sie ließ den Sand Sand sein und starrte wie hypnotisiert auf das Wasser. Ihr Rücken war so gerade und ihr kleiner Körper so lang gestreckt, wie ihn Johanna noch nie gesehen hatte.

Wenn man sie so allein am Strand stehen sieht, könnte man leicht vergessen, dass sie eine Zwergin ist, dachte die Prinzessin. Gerade eben war sie noch ein junger Hund, und jetzt ist sie wie ich, eine junge Frau, die in eine neue Phase ihres Lebens eintritt.

Im nächsten Moment vergaß Dolores sich wieder. Sie hob ihre Röcke bis weit über die Knie und lief so schnell sie konnte zum Wasser. Johanna lachte und versuchte, ihre Närrin einzuholen. Sie hob ihr eigenes Kleid schicklich hoch und lief ihr hinterher.

«Warte auf mich, Dolores!»

Aber Dolores war nicht aufzuhalten. Johanna lief weiter und ließ ihr Gefolge ein Stück zurück. Dolores rannte und rannte, bis zum Wasser …

Was dann passierte, war nicht klar. Erschreckte sie das kalte Wasser? War sie gestolpert? Zog die Flut an ihren

Kleidern? Wurde sie von dem unendlichen Meer überwältigt?

Niemand wusste es, aber jeder konnte sehen, wie Dolores kurz innehielt und sich dann unvermittelt ins Wasser setzte.

Johanna hörte jemanden hinter sich keuchen. Sie schaute sich um. Es war Doña Ana de Beaumonté, die mit ihrem schweren Körper durch den Sand stolperte.

«Das gibt es doch nicht, diese kleine Rotzgöre!», rief Doña Ana. «Setzt sie sich einfach mit ihren neuen Kleidern ins Wasser. Ich werde sie an den Haaren herausziehen! Was bildet sie sich bloß ein!»

«Lass sie nur», sagte Prinzessin Johanna. «Dolores ergibt sich dem Meer.»

Bevor sie nach Laredo abreisten, hatte Prinzessin Johanna Dolores erlaubt, noch einen letzten Brief an ihre Familie in Biar zu schreiben.

Almazán, 3. August 1496

Hochwürdiger Herr,

dieser Brief ist vielleicht der letzte, den Sie von mir, Dolores, Tochter der Pächtersfrau Gabriella, empfangen werden. Ich reise weit weg nach Flandern, und ich bete inbrünstig, dass meine Mutter und meine Geschwister sich immer noch guter Gesundheit erfreuen.

Wie letztes Mal hoffe ich, dass Sie die Güte haben mögen, diesen Brief meiner Familie vorzulesen.

An meine Mutter, an meine Brüder und Schwestern,

wie lange ist es her, dass ihr etwas von mir gehört habt, und wie sehr hoffe ich, dass ihr alle gesund seid! Oft frage ich mich, wie es euch in Biar wohl geht. Ihr habt mich doch noch nicht vergessen? Auch wenn ich nicht die jüngste bin, für euch werde ich immer eure kleinste Schwester sein.

Morgen reisen Prinzessin Johanna und ihr Gefolge von Almazán nach Laredo, das ist ein Hafen ganz im Norden unseres Königreichs. Es tut mir leid, euch erzählen zu müssen, dass ich mich dort einschiffen werde, um für immer in ein Gebiet zu reisen, das Flandern genannt wird. Der Ehemann meiner Prinzessin wohnt dort, und sie fährt zu ihm, um ihn zu heiraten.

Ich freue mich nicht auf diese lange Reise, denn wir werden sie mit einem Schiff unternehmen müssen. Du würdest das sicher phantastisch finden, Sancho, aber ich nicht. Ich glaube nicht, dass ich seefest bin. Hier in Almazán haben wir eine Schaukel im Garten: Das ist ein Stuhl, der mit zwei Seilen an einem Baum hängt und in dem man hin und her schaukeln kann. Wenn ich zu lange darauf sitze, werde ich schon unsicher. Offenbar gibt es auf dem Meer hohe Wellen, die einen noch viel heftiger schaukeln lassen. Ich bin zwar gespannt auf das offene Meer, aber ich habe Angst, darauf zu fahren. Ich sehne mich nicht nach Flandern, auch wenn viele besondere Dinge über dieses Land erzählt werden. Wenn ich daran denke, dass ich Biar womöglich nicht mehr wiedersehen werde, kommt es mir vor, als klemme sich ein Eisenband um meine Brust, und es fällt mir schwer, so fröhlich zu sein, wie man es von einem Narren immer erwartet.

Ich werde euch vermissen und immer an euch denken. Ich hoffe, dass du noch lange lebst, Mutter, dass du keine Krankheit oder Armut erleiden musst und dass dein liebes Gesicht mit den Jahren noch schöner werden wird durch die zarten Linien des Alters. Ich bin hier am Hof noch niemandem begegnet, der den Glanz seiner Seele so deutlich im Gesicht trägt, abgesehen vielleicht von Meryem. Wenn ich die Augen schließe, sehe ich dich deutlich vor mir ... Pilar und Juanito, ihr habt vielleicht schon geheiratet. Ich hoffe, ihr seid glücklich. Pilar, am liebsten stelle ich mir vor, du hättest Tomaso geheiratet. Das ist einer der Soldaten, der mich zum Hof in Jaén gebracht hat. Er ist ein ganz lieber Junge. Er hat mir versprochen, euch zu besuchen, falls er jemals nach Biar kommen sollte. Wie würde ich mich freuen, wenn das inzwischen passiert wäre und er ein Auge auf dich, Pilar, meine schöne Schwester, geworfen hätte. Ich habe ihm von dir erzählt.

Julia, meine fröhliche Schwester, wenn Tomaso noch nicht vorbeigekommen ist, das aber in Zukunft noch tun wird und Pilar dann schon verheiratet ist, dann schau ihn dir gut an. Tomaso hat, genau wie du, die Gabe, glücklich zu sein und andere glücklich zu machen. Heirate ihn!

Sancho, wegen dir mache ich mir am wenigsten Sorgen. Mit niemandem habe ich so viel Dummheiten getrieben wie mit dir.

Jemand wie du hat viele Freunde und findet seinen Weg. Dein Leben wird sicher noch ein größeres Abenteuer als meins.

Kleiner Paco und kleine Jasmina, ihr seid bestimmt schon groß. Ich bin jetzt eure kleine große Schwester. Schade, dass ich euch nicht richtig kennengelernt habe, aber wenn ihr den anderen ähnlich seid, bin ich stolz auf euch.

An alle: Seid gut zu eurer Mutter.

Zum Schluss möchte ich Vater noch grüßen, denn ich möchte nicht mit Bitterkeit im Herzen abreisen ... Es möge ihm gutgehen.

Es fällt mir schwer, Abschied von euch allen zu nehmen. Wenn ihr vergessen habt, wie ich aussehe, dann betrachtet das mollige Engelchen an der Decke der Kirche von Biar, in der rechten oberen Ecke, und denkt an mich.

Ich denke immer an euch, egal ob auf See oder im fernen Flandern.

Dolores

Hochwürden,

Ihnen wünsche ich auch das Beste. Ich würde mir wünschen, hier gäbe es so einen gemütlichen Priester wie Sie, der mein Beichtvater sein könnte. Und wenn Sie Lucinda, Don Pedro und Doña Rosita sehen, überbringen Sie ihnen bitte meine besten Wünsche und Grüße.

Das Meer

Dolores stand auf der Schiffsbrücke und betrachtete voller Respekt das Meer, das auf sie wartete. Was für eine Sogkraft, dachte sie. Das Meer ist nicht zu vergleichen mit einem Teich oder See. Es ist ein tiefer Brunnen in der Erde, voller Wasser ...

Neben ihr stand Doña Johanna. Die Prinzessin strahlte. Ihre kastanienbraunen Haare glänzten in der Sonne, und ihre grünen Augen leuchteten wie die Smaragde auf ihrem Kleid. Dolores stützte das Kinn auf die Reling und blickte hinunter auf das Gewimmel der Mannschaft am Kai.

So fühlt es sich also an, groß zu sein, dachte sie. Sogar die riesigen Schiffsleute sehen von hier so klein wie Zwerge aus.

Am Kai gab es ein buntes Treiben. Doña Johannas Besitztümer wurden in großen Kisten herbeigeschleppt: Juwelen, Kleider, ihr Cembalo und eine Kiste mit einigen kleineren Musikinstrumenten.

«Vorsicht!», rief die Prinzessin von der Brücke aus, als

die Männer ihr Cembalo über die Laufplanke nach oben trugen.

Danach folgte ein endloser Strom von Kisten. Viele davon waren Kleidertruhen der Hof- und Gesellschaftsdamen.

Die Damen schauten besorgt zu. Sie folgten den Trägern, die die Truhen in ihre Kajüten brachten. Sie begutachteten die kleinen Räume und waren nicht zufrieden. Eine nach der anderen beschwerte sich bei Don Fadrique Enríquez, dem Admiral der Flotte: Die Kajüte war zu klein, die Pritsche zu schmal, sie hatten keinen Platz, ihre Sachen auszupacken ...

«Tock-tock-tock-tooock!» Dolores lief ihnen gackernd hinterher und schlug dabei mit den Ellbogen, als wären es Flügel.

Doña Johanna mischte sich nicht ein. Sie besichtigte ihre eigene Kajüte, die beste auf dem ganzen Schiff. Die benachbarte Kajüte wies sie, ohne lange zu überlegen, Dolores und Meryem zu.

«Das können Sie doch nicht machen, Hoheit», sagte Doña Ana de Beaumonté empört. «Die Kajüte, die zu den besten des Schiffes gehört, wollen sie einer Zwergin und einer Sklavin geben?»

«Dolores ist meine Hofnärrin, und Meryem ist keine Sklavin», sagte Doña Johanna. «Sie ist meine bevorzugte Zofe.»

«Die Kajüte steht mir und Doña Beatriz zu, wir sind

Ihre vornehmsten Hofdamen. Finden Sie das nicht auch, Don Fadrique?»

«Ihre Hoheit entscheidet», sagte der Admiral mit ausdruckslosem Gesicht.

«Du hilfst mir doch nicht beim Ankleiden, Doña Ana, oder?», sagte Prinzessin Johanna. «Meryem schon. Ich möchte sie nahe bei mir haben. Wenn du willst, darfst du bei ihr in der Kajüte schlafen, und Dolores wird dann bei Doña Beatriz schlafen.»

Doña Ana schauderte.

«Lieber nicht», sagte sie mit säuerlichem Gesicht. «Dann soll es so bleiben.»

«Ich würde gern mit Meryem die Kabine teilen», sagte Doña Beatriz de Bobadilla bereitwillig, «dann schläfst du bei Dolores.»

«Ja, dann schlafen Sie doch bei mir, Doña Ana», sagte Dolores neckend.

«Bei dir?», sagte Doña Ana und verzog angewidert das Gesicht. «Lieber sterbe ich. Ich werde nicht mit dir in einem Raum schlafen, du Rotznase!» Und zu Doña Beatriz sagte sie: «Du kannst wirklich nicht das Zimmer mit einer maurischen Zofe teilen.»

Doña Beatriz' Gesicht verdüsterte sich. Sie sah, wie sich ihre Chance, diese lästige Doña Ana wenigstens für nachts loszuwerden, in Rauch auflöste. Dolores empfand Mitleid mit ihr. Ihr war es zu Ohren gekommen, dass Doña Beatriz selbst darum gebeten hatte, mit nach

Flandern fahren zu dürfen. Admiral Christoph Kolumbus würde demnächst wieder in See stechen, seinetwegen brauchte sie also nicht auf La Gomera zu bleiben. Königin Isabella hatte ihre Verbannung aufgehoben und ihr erlaubt, sich der Reisegruppe anzuschließen.

Bestimmt hat die schöne Beatriz die bewundernden Blicke der Männer am Hof vermisst, dachte Dolores.

Am ersten Abend in ihrer eigenen Kajüte saßen Meryem und Dolores dicht nebeneinander auf der unteren Pritsche.

«Stell dir vor, ich müsste hier mit der dicken Doña Ana schlafen», sagte Meryem.

«Oder ich», sagte Dolores schaudernd. «Zum Glück wusste ich vorher, dass meine Prinzessin eigensinnig genug ist, sich durchzusetzen.»

«Stell dir doch mal Doña Ana und Doña Beatriz in einer Kabine vor, die noch kleiner ist als unsere», sagte Meryem.

«Ich sehe es ganz deutlich vor mir», sagte Dolores mit leuchtenden Augen.

«Arme Doña Beatriz», sagte Meryem.

«Mit Doña Ana habe ich aber kein bisschen Mitleid», sagte Dolores. «Für sie gehöre ich in das Reich der Tiere. Für sie bin ich so etwas wie ein dressierter Affe oder ein Tanzbär.»

Meryem legte schützend den Arm um Dolores.

«Nimm es nicht so ernst, Sandflöhchen. Es ist egal, was Doña Ana von dir hält. Viel wichtiger ist doch, wie ich über dich denke. Und für mich bist du wie eine kleine Schwester.»

«Falls Doña Ana sich jemals für mich interessiert hat, hat sie dieses Interesse schon längst verloren», sagte Dolores. «Ich habe immer gewusst, dass sie mich nur deshalb aus Biar holen ließ, um mich zu bestrafen. Sie fand mich überhaupt nicht witzig.»

«Denke nicht mehr daran», sagte Meryem.

«Ich bin so froh, dass ich bei dir in der Kajüte schlafen darf, Meryem. Bei dir kann ich still sein. Ich werde manchmal so müde von meinem eigenen Herumtoben.»

«Wir verstehen uns auch ohne Worte», sagte Meryem.

Dolores nickte. «Ich vermisse meine Mutter, du vermisst deine kleine Schwester ... Manchmal denke ich, es ist meine eigene Schuld, dass ich ein Zwerg bin. Ich wollte klein bleiben, kleiner werden und wieder in den Schoß meiner Mutter kriechen. Bei ihr wäre ich für immer sicher.»

«Bei mir auch, Sandfloh», sagte Meryem. «Ich würde dich immer schützen.»

«Ich dich auch.»

Diese erste Nacht in der Kajüte schliefen Dolores und Meryem wie Murmeltiere. Das Meer wiegte das Schiff sanft hin und her, die Brandung rauschte und flüsterte Dolores und Meryem rasch in einen tiefen Schlaf.

⁂

Am nächsten Tag war Prinzessin Johanna schweigsam. Doña Ana flatterte um sie herum und schickte Dolores hinaus. Vielleicht hatte sie Angst, die Närrin würde vor den Augen der Matrosen ihre lächerlichen Bewegungen nachahmen. Doch dazu hatte Dolores keine Lust. Ihr war zu heiß, und Doña Johanna beachtete sie im Moment ohnehin nicht.

Ich brauche mich nicht wie eine Närrin zu benehmen, wenn Doña Johanna es nicht sieht, dachte sie. Schließlich machte ich doch alles nur, um ihr zu gefallen.

Am Vormittag gesellte sich Königin Isabella zu ihnen. Sie war mit Prinz Juan und den Prinzessinnen Isabella, Maria und Catharina zu Pferde aus Almazán hergekommen, um Abschied von Johanna zu nehmen.

Zum ersten Mal seit langer Zeit war Dolores in Doña Johannas Nähe nicht willkommen. Diese befand sich mit ihrer Mutter und ihren Geschwistern in der Kajüte des Kapitäns. Dort aßen sie und unterhielten sich stundenlang. Das hatte Dolores gesehen, denn sie war hochgesprungen, um durch ein Bullauge einen Blick hineinwerfen zu können. Ein Wächter hatte sie weggejagt.

Es war ein seltsames Gefühl, frei zu sein. Zusammen

mit Meryem, Daleila und Aischa spielte sie Karten in ihrer Kajüte. Danach fing sie an, sich einige Streiche auszudenken. In Doña Anas Kajüte legte sie einen stacheligen Besen unter die Laken. Sie knüpfte alle Haarschleifen mit doppeltem Knoten zusammen und rieb den Griff ihres Handspiegels mit Fett ein.

Gegen Abend kam Königin Isabella endlich aus der Kapitänskajüte, gefolgt vom Prinzen und den drei Prinzessinnen. Stattdessen ging Bruder Tomás de Torquemada hinein.

Arme Doña Johanna, dachte Dolores. Was hat sie denn jetzt wieder falsch gemacht, dass sie bei diesem schrecklichen Mönch beichten muss?

Am nächsten Tag regnete es. Der Wind wehte kräftig aus Nordwest und ließ das Schiff hin und her schaukeln. Dolores fühlte sich schlapp, sie hatte keinen Appetit. Don Fadrique Enríquez hätte an dem Tag abreisen wollen, aber er folgte dem Rat des Admirals Kolumbus. Die Abreise wurde noch um einen Tag verschoben.

Am Tag darauf hatte sich der Wind gelegt, und nun wurde es Zeit, Abschied zu nehmen. Königin Isabella umarmte Doña Johanna. Auch Doña Johanna war viel herzlicher zu ihrer Mutter als sonst.

Ob sie ihre Mutter doch liebt?, dachte Dolores.

Doña Johanna verabschiedete sich etwas steif von ihrer Schwester Isabella, aber Prinzessin Maria umarmte sie. Auch der Abschied von Prinz Juan war innig. Dolores traten Tränen in die Augen, als sie sah, wie Johanna sich zum Schluss von Catharina verabschiedete. Sie erinnerte sich an ihren eigenen Abschied von ihrer kleinen Schwester Julia. Doña Johanna streichelte Catharinas Kopf, nahm ihr Gesichtchen zwischen die Hände und küsste sie immer wieder auf Wangen und Stirn.

Nach dem Abschied von Johanna rannte Catharina zu der kleinen Närrin. Sie umklammerte Dolores und drückte sich an sie.

«Ich werde dich vermissen», sagte sie.

Zu ihrem Erstaunen kamen jetzt auch Prinzessin Maria und Prinz Juan zu ihr. Doña Maria bückte sich und drückte ihr einen Kuss auf die Haare, und Prinz Juan reichte ihr die Hand.

«Du und meine Schwester sind wie die zwei Seiten einer Münze, ihr gehört zusammen», sagte er. «Wirst du gut für sie sorgen?»

«Ja, mein schöner Prinz», sagte Dolores. Sie sah, wie Prinz Juan errötete, und ihr wurde bewusst, dass auch sie die Königskinder vermissen würde.

«Grüßt meinen Vater von mir», sagte Doña Johanna zu ihrer Mutter, «ich finde es schlimm, dass ich mich nicht von ihm verabschieden kann.»

Zum ersten Mal sah Dolores die Prinzessin weinen. Sie stand neben ihr und spürte, dass auch ihr die Tränen kamen.

Warum wundert mich das eigentlich, dachte sie erstaunt. Warum sollen Prinzen und Prinzessinnen nicht auch innige Gefühle haben?

Mit vollen Segeln verließ die Flotte den Hafen. Die Segel flatterten und wölbten sich wie weiße Wolken, die tief über das Wasser zogen. Die Königin und ihr Gefolge standen hoch zu Ross am Strand. Die Posaunen schallten über das Wasser, und die Fahnen wehten feierlich in der straffen Brise.

Doña Johanna stand wie eine Schiffsstatue auf der Brücke des Schiffes. Dolores konnte sich nicht mehr beherrschen. Sie musste springen und winken. Worte drängten aus ihr heraus, und sie rief alles, was ihr gerade einfiel.

«Auf Wiedersehen, Strand von Sand und Muscheln! Auf Wiedersehen, Land von Hurenböcken und Zwergen! Auf Wiedersehen, blutrünstige Christenhunde! Auf Wiedersehen, scheinheiliger Bruder Tomás! Strenge Königin und steife Prinzessin Isabella! Schöner Prinz! Auf Wiedersehen, liebe Schwestern meiner Prinzessin, auf Wiedersehen, ihr Brüder mit euren Leichenbittermienen, auf Wiedersehen, Gehörnte, Huren, Hurenböcke und Hurensöhne! Auf Wiedersehen, toter Pepito und eigensinniger Dodo! Auf Wiedersehen, Sancho im höchsten Baum! Auf Wiedersehen, Mutter am Herdfeuer ... Auf Wiedersehen, Juanito auf dem Feld! Auf Wiedersehen, Pilar und Tomaso ...»

Dolores konnte nicht aufhören zu schreien und war außer Rand und Band, bis Doña Johanna ihr nachdrücklich die Hand auf die Schulter legte, um sie zum Schweigen zu bringen.

⁂

Alles ging gut, bis sie aus der ruhigen Bucht von Laredo segelten. Der Himmel war blau, die Bewegung des großen Schiffes angenehm. Das änderte sich, als die Flotte in nordwestliche Richtung drehte. Der Wellengang wurde heftiger, der Wind kräftiger, und Dolores fühlte ihren Magen rebellieren. Doña Beatriz de Bobadilla, Doña Francisca, Doña Maria de Villages, Soraya und Aischa, alle waren krank und blieben in ihrer Kajüte.

Dolores wusste nicht, was sie tun sollte, so übel war ihr. In der Abgeschlossenheit der Kajüte kamen die Wände auf sie zu, und draußen hatte sie das Gefühl, vom Meer aufgesogen zu werden.

Doña Johanna hatte keine Schwierigkeiten, sie war munter und aufmerksam. Der Sturm schien ihre Zunge zu lösen. Sie hatte für jeden ein tröstendes Wort und unterhielt sich mit dem Admiral über den Kurs, den er einschlug. Don Fadrique Enríquez fand sie für ihre siebzehn Jahre sehr vernünftig. Doña Johanna besuchte Dolores in ihrer Kajüte, setzte sich neben sie und hielt ihre Hand.

«Ich habe keine Angst vor Sturm», sagte sie mit leuchtenden Augen. «Das Meer kann mich nicht aufhalten, ich bin auf dem Weg zu meinem Prinzen.»

Abends legte sich der Wind. Meryem und Dolores redeten noch lange, als sie in ihrer Kajüte auf der Pritsche lagen. Sie schaukelten sanft hin und her, als wäre das Meer eine Mutter, die ihre schlechte Laune bedauerte und sie jetzt in ihren riesigen Armen wiegte, um sie zu trösten.

«Wie es Don Enrico wohl geht?», sagte Meryem. «Er fährt auf der Santa Margarita, einem der Schiffe, die man von backbord aus sehen kann. Ob er heute auch seekrank war?»

«Woher weißt du, dass er auf der Santa Margarita ist?», wollte Dolores wissen.

«Weil ich ihn manchmal sehen kann», sagte Meryem. «Mein Enrico stellt sich jeden Nachmittag an dieselbe Stelle an der Reling. Wenn wir Glück haben, können wir uns einen kurzen Moment sehen. Dann winkt er mir mit einem weißen Taschentuch zu. Ich traue mich nicht, zurückzuwinken, aber in dem Moment wird mein Herz zu einer Möwe, die über das Wasser zu ihm fliegt.»

Dolores dachte an Tomaso, aber sie schwieg. In ihrer Vorstellung hatte er Pilar oder Julia geheiratet und war unerreichbar für sie geworden. Es war ein leeres und trauriges Gefühl.

Ich weiß nichts von der Liebe und werde auch nie etwas davon wissen, dachte sie betrübt.

Sturm ... Die Passagiere wussten noch nicht, was das bedeutete.

Am nächsten Tag brach die Hölle los, und das war mehr, als Dolores ertragen konnte. Drinnen hielt sie es nicht aus, draußen klammerte sie sich an die Reling. Sie fühlte, wie ihre Füße vom Boden gehoben wurden, wenn das Wasser sank. Die Wellen türmten sich auf wie eine Schlossmauer. Dolores wurde auf das Deck geworfen.

Doña Johanna sah, was passierte, und ließ ihre Närrin von einem Mannschaftsmitglied von der Reling holen. Dolores wurde auf ihre Pritsche festgebunden. Sie übergab sich und weinte. Vom Geruch des Erbrochenen auf ihrer Kleidung wurde ihr noch schlechter. Wo kam das bloß alles her? Sie konnte sich nicht erinnern, so viel gegessen zu haben. Nach einiger Zeit begann sie, bittere Flüssigkeit herauszuwürgen.

Sie dachte, es würde nie wieder aufhören.

Als es vorbei war, berichtete Meryem, der Sturm habe einen halben Tag lang angehalten.

«Einen halben Tag nur?», fragte Dolores verwundert. «Das glaube ich nicht.»

Meryem wischte das Erbrochene weg, ohne sich zu beschweren.

«Du bist ein Engel, Meryem», sagte Dolores dankbar.

Meryem half Dolores, saubere Kleider anzuziehen. Die kleine Närrin war vollkommen kraftlos. Ihre Arme und Beine fühlten sich schlaff und feucht an. Meryem nahm ihren Kopf zwischen die Hände, ihr Blick suchte unruhig ihr Gesicht ab.

«Wegen so einem kleinen Sturm wirst du doch nicht gleich aufgeben?», sagte sie.

«Das Meer nimmt mir meine Widerstandskraft», klagte Dolores. «Es ist wie am Tag, als ich es zum ersten Mal sah. Ich empfinde das Bedürfnis, mich ihm zu ergeben. Es ruft mich wie eine Mutter, ich möchte mich in seinen Armen ausruhen.»

«Mach keinen Blödsinn, hörst du?», sagte Meryem.

«Ich mache keinen Blödsinn», sagte Dolores. «Aber jetzt weiß ich, dass ein Mensch so krank sein kann, dass ihm das Leben egal ist. Ist es dann nicht besser, loszulassen?»

«Nichts da», sagte Meryem streng. «Rede keinen Unsinn.»

Nach dem Sturm stand Dolores etwas fester auf den Beinen. Manchmal war ihr noch übel, aber nicht mehr so schlimm wie vorher.

Die Tage auf See waren alle gleich. Dolores langweilte sich. Oft lag sie auf ihrer Pritsche und dachte über ihr Schicksal nach.

Ein Land von Milch und Honig, dachte sie, ist das das Richtige für mich?

Doña Johanna brauchte sie nicht so oft. Die Prinzessin stand häufig auf der Brücke und schaute über das Meer, oder sie saß allein in ihrer Kajüte. Außer den kleinen Streitereien der Hof- und Gesellschaftsdamen passierte auf dem Schiff nicht viel. Das ewige Schaukeln des Wassers machte Dolores lustlos und zahm.

Meryem hielt sich so oft wie möglich in ihrer Nähe auf. Sie schien sich Sorgen um sie zu machen. «Was ist los, Sandflöhchen, warum bist du so sonderbar?», fragte sie.

Als Dolores einmal auf die Reling kletterte, wurde sie böse. Sie zog sie am Kragen herunter. «Komm da runter, Dolores», sagte sie.

«Hast du Angst, dass ich ins Wasser springe?», fragte Dolores ungläubig. «Ich kann nicht mal schwimmen!»

Meryem schaute sie beunruhigt an. Die schwarzen Haare wehten ihr um den Kopf. Dolores lachte.

«Du wärst eine wunderbare Nymphe», sagte sie. «Möchtest du nicht wissen, wie es unter Wasser aussieht? Tief im Meer leben fremde Wesen …»

Fahren, fahren, endlos fahren. Dann kam endlich Zeeland in Sicht.

Vor der Küste der Insel geriet die Flotte in Gegenwind. Es blieb ihnen nichts anderes übrig, als sich von dem Land wegtreiben zu lassen, das so nah beim Heimatland von Prinz Philipp lag.

Doña Johanna war wütend. Sie schrie den Kapitän an, doch dieser hatte keine Macht über die Winde. Die Flotte trieb ab.

Dolores fühlte, wie eine seltsame Ruhe über sie kam, als die flache Küstenlinie der Insel am Horizont verschwand.

Also doch kein Land von Milch und Honig für mich, dachte sie. Ich wusste es.

Ein paar Tage später lief die gigantische Flotte in einen englischen Hafen ein. Am Kai rannten erschrockene Männer wild durcheinander. Der Hafenaufseher trat vor und schrie hinauf zu Admiral Fadrique Enríquez.

In Kastilien und Aragón kannte jeder Doña Johanna, aber hier kannte man sie nicht. Admiral Fadrique ließ alle Fahnen hissen und nach einigem Hin-und-her-Rufen glaubten die Engländer endlich, dass das Mädchen auf der Brücke des schönsten Schiffes eine Prinzessin war. Sie trug prächtige Kleider, und neben ihr stand eine Zwergin. Jeder in England kannte die seltsame Gewohnheit der Spanier, man wusste, dass sich die spanischen Edelleute oft Zwerge hielten.

Die Männer am Kai fuchtelten wild zu den Schiffen

hinüber, die immer näher aufeinander zutrieben. Noch bevor der Hafenaufseher auf dem Kai den Admiral warnen konnte, war es schon zu spät: Mit einem heftigen Krachen stießen zwei Schiffe zusammen. Eines davon lief voll Wasser, sackte zur Seite und kenterte …

Meryem stand neben Dolores an der Reling und sah, was geschah. Leichenblass packte sie Dolores am Arm und drückte ihn so fest, dass es schmerzte. Sie fing an zu weinen. «Das ist die Santa Margarita, das ist das Schiff meines Enrico», stöhnte sie.

Jetzt erkannte auch Dolores entsetzt den Namen des Schiffes. Von all den Schiffen der Flotte war es ausgerechnet das Schiff von Don Enrico, das jetzt zu sinken begann …

Die Mannschaft und ein Teil der Passagiere sprangen über Bord. Dolores sah zu, wie das Schiff wie ein toter Fisch herumgedreht und mit einem lauten, saugenden Geräusch in die Tiefe gezogen wurde und in den Wellen verschwand. Die Schwimmer kämpften um ihr Leben. Das Meer versuchte sie hinunterzuziehen. Dolores fühlte den Sog auch an ihrem Schiff. Sie konnte sehen, wie etliche der Schwimmer den Kai erreichten und dort von den Engländern mit Hilfe von Seilen aus dem Wasser gezogen wurden.

«Ich muss hinunter», rief Meryem voller Panik. «Ich weiß nicht, ob mein Enrico schwimmen kann!»

Sie drehte sich um und rannte die Treppe hinunter.

«Meryem!»

Dolores rannte ihr hinterher. Meryem hörte sie nicht. Dolores lief das Seitendeck entlang zum Hinterdeck. Sie konnte nicht mit Meryem Schritt halten und wurde von einem Wächter überholt, der sie beim Rock packte und zurückhielt.

«Komm», schrie er. «Admiral Enríquez hat auf den Rat der Engländer gehört und entschieden, die Damen auf ein Schiff mit weniger Tiefgang zu bringen. Wenn wir nicht aufpassen, läuft dieser Kahn auf Grund, und dann sinken wir auch!»

«Lass mich los!»

«Die Prinzessin und die meisten Damen sind schon zum anderen Schiff gebracht worden. Prinzessin Johanna hat uns ausdrücklich befohlen, dich zu suchen.»

Dolores konnte Meryem nicht mehr sehen und versuchte, sich loszureißen.

«Lass deine dreckigen Pfoten von mir!»

Das Schiff lief mit einem unheimlichen kratzenden Geräusch auf eine Sandbank. Der Wächter erschrak und ließ Dolores los. Er beugte sich über die Reling, um zu sehen, was geschah. Dolores nahm die Gelegenheit wahr und rannte davon. Sie bog um ein paar unerwartete Kurven, um den Wächter zu verwirren, und lief dann weiter zum Achterdeck.

«Meryem!»

Die Zofe hörte sie nicht. Dolores rannte ihr nach, stolpernd und strauchelnd. Sie spürte, wie das Schiff sich zur Seite neigte …

Dolores lief in den Raum neben der Treppe. Sie suchte überall, bis zu der Kombüse, bis zu den niedrigen Kabinen, in denen die Hängematten der Matrosen hingen, bis in den Laderaum des Schiffes. Das Schiff lag schräg im Wasser und kippte immer weiter. Wie eine vorrückende Armee schoben sich die Kisten und Gepäckstücke in ihre Richtung.

Ich muss wieder hinauf, dachte Dolores, hier wird es zu gefährlich.

Sie kletterte mühsam die Treppe hinauf, lief das Unterdeck entlang und dann zum Oberdeck. Sie hatte das ganze Schiff abgesucht, aber Meryem war nirgendwo zu finden.

Ich sinke

Zurück auf dem Oberdeck. Der Lärm ist überwältigend: Alles schrammt, strudelt, schlürft, bricht und saugt.

Ich halte mich am Treppengeländer fest. Die Welt kippt. Auf dem Deck eines anderen Schiffes sehe ich Meryem neben Doña Johanna stehen. Sie ist auf das Plattbodenboot gebracht worden, während ich sie suchte!

Hinter ihr steht Don Enrico.

Ich schnappe nach Luft. Meine Lungen öffnen sich in einem erlösenden Schrei: «Meryem!»

Sie lebt!

Meryem hat mich gesehen. Sie beugt sich gefährlich weit über die Reling und winkt mir zu. Sie versucht, den Lärm zu überschreien. Ich sehe, dass sie weint, aber ich kann sie nicht verstehen.

Trotzdem weiß ich, was sie schreit: «Dolores! Spring!»

Warum sollte ich springen? Ich kann nicht schwimmen.

Leb wohl, liebe Meryem, leb wohl, meine Prinzessin ...

Ich stehe hier auf dem schrägen Deck und halte mich noch einen Moment lang fest.

Ich habe Todesangst.

Ich klammere mich an die Reling.

Das Meer sinkt weg, als das Schiff kentert.

Mein Körper wird hochgehoben.

Luft!

Die Wellenmauer steigt.

Wasser, eiskalt.

Ich kämpfe und kämpfe.

Wasser dringt in meine Luftröhre.

Ich werde ein Fisch ...

Hallo, Fische.

Schaut nicht so erstaunt.

Habt ihr noch nie eine kleine Meernymphe gesehen?

Ich schwebe im Wasser und fühle mich leicht.

Ich fliege wie ein Engel an der Decke der Kirche in Biar.

Meine Haare sind geschmeidig wie Algen ...

Zum ersten Mal in meinem Leben fühle ich mich schön.

Die *See* ist wie eine Mutter.
Sie nimmt mich in die Arme und wiegt mich.
Im Wasser höre ich zum letzten Mal ihre Stimme –

«Wenn die kleinen Schafe gähnen,
wenn die Erde rot erglüht,
gehn die kleinen Menschen schlafen.»